短歌タイムカプセル

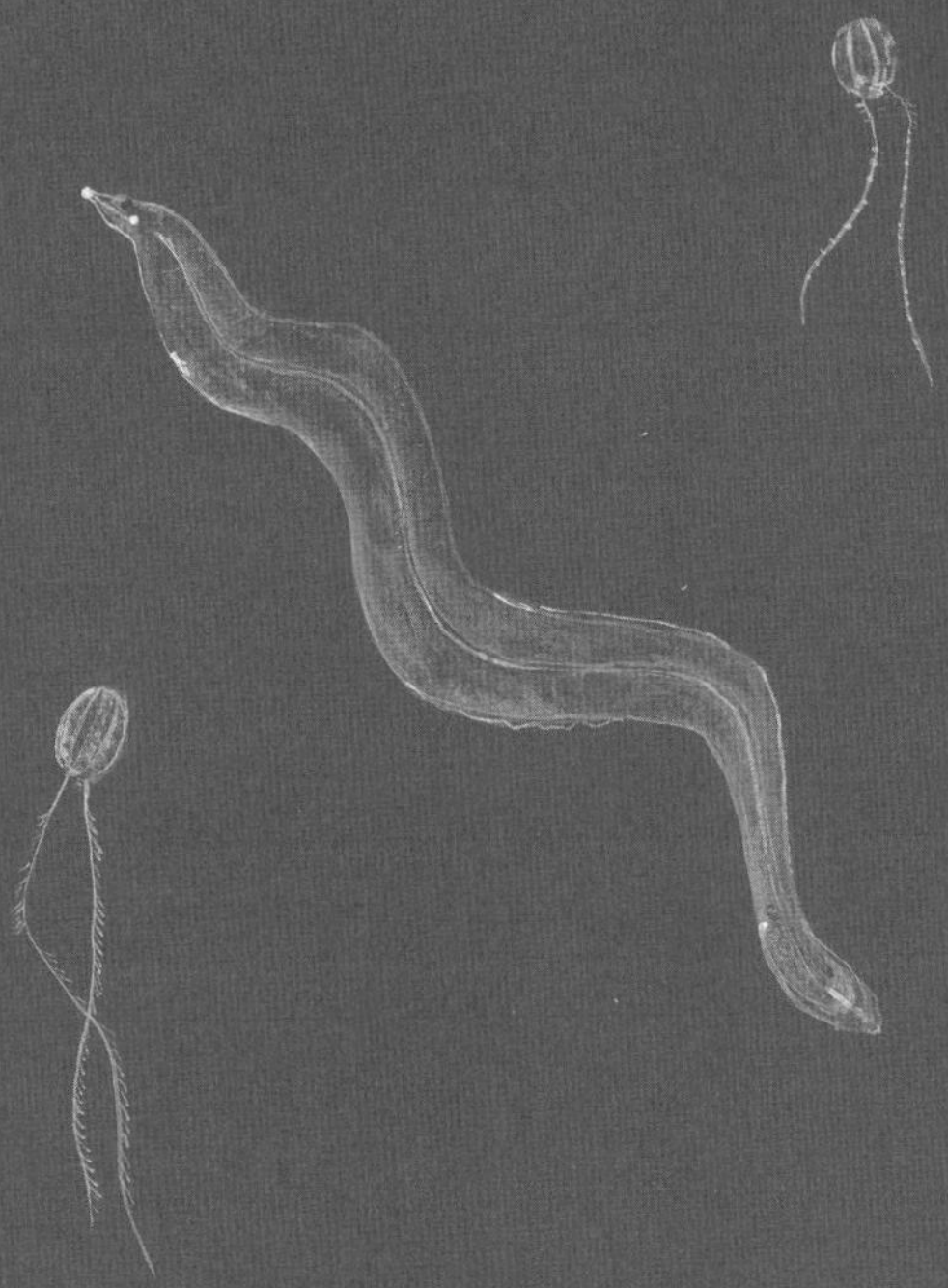

東直子
佐藤弓生
千葉聡
編著

短歌タイムカプセル＊もくじ

はじめに

　校庭の隅っこで、地面を掘り返すと、土の匂いが濃く立ち込めます。卒業前、クラスみんなでタイムカプセルを埋めるのです。カプセルといっても、それはお菓子の入っていた缶だったり、密閉容器だったりします。その中には、写真、宝物、そして寄せ書きやメッセージ。あなたも、未来の自分への手紙を入れました。

　十年後、二十年後、それを掘り起こしたら、あなたは、きっとその当時をありありと思い出すでしょう。でも、長い年月のうち、学校は建て替えられたり、あの校庭は公園や駐車場になったりします。いくら地面を掘り返してもタイムカプセルが見つからなかったら、一体どうなるでしょうか。

　もしかしたら一千年後、あなたの全く知らない誰かが、たまたま地面を掘って、タイムカプセルを見つけるかもしれません。

「これは何だ?」

最初はとまどいます。それでも、その人はあなたの手紙を読み、あなたに興味を持つでしょう。あなたの夢、悩み、憧れ。さまざまなあなたを知るでしょう。

　一千年の時を経て、知らない誰かが、あなたの友達になるのです。

＊　＊　＊

五七五七七の音数律をもつ短歌は、一三〇〇年以上も前から現在まで受け継がれている詩形です。教科書に載っている『万葉集』や『古今和歌集』は、タイムカプセルなのです。私たちはそれを掘り返し、開けてみることで、一千年以上も昔の人の思いを知り、その人に心を寄せることができるのですから。

二〇〇〇年代の最初の世紀に入った今、私たちは『短歌タイムカプセル』を作りました。まさに現在、多くの人に愛されている現代歌人の作品を、未来に届けたい名歌を、この一冊にまとめました。

この本が一千年後、タイムカプセルの役割を果たすことを願っています。そして、はるかな未来にいる誰かの笑顔を想像しながら、今、みなさんにこの一冊をお渡しします。

東　直子
佐藤弓生
千葉　聡

この本について

◇二〇一六年の秋、編者三人が集まり、「一千年後に残したいと思う現代短歌を一冊のアンソロジーにまとめよう」と話し合いました。収録歌人を選ぶにあたり、戦後から二〇一五年までの間に歌集を刊行した人を対象としました。収録歌は、二〇一六年以降に発表されたものも含んでいます。

◇作品は原則として、新漢字を使用しました。ルビや記号などの表記は自選原稿にしたがいました。

◇各編者が推薦歌人を提出のうえ複数回の編集会議を経て、作品収録をお願いしたい歌人を決定し諾否をうかがいました。以上のうち許可をいただくことのできた歌人に、自選二十首と略歴、書影の提出をお願いしました。ただし本人からの申し出により、紀野恵氏および水原紫苑氏の二十首は編者（佐藤弓生）が選びました。

◇歌人がすでに亡くなっている場合は、一首鑑賞文を担当した編者が二十首を選びました。その際、原則として全歌集や全集、または新たに刊行された作品集を底本にしました。ただし、河野裕子氏の二十首は永田紅氏が、仙波龍英氏の二十首は藤原龍一郎氏が選びました。

◇編者三人が、収録歌人の代表歌一首を選び、その鑑賞文を掲載しました。執筆者は東直子＝H、佐藤弓生＝S、千葉聡＝Cで表示しました。

短歌タイムカプセル

安藤美保《あんどうみほ》

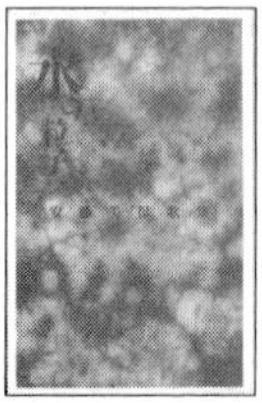

水の粒子
（ながらみ書房）

一九六七年東京都生まれ。「心の花」会員。同誌における連作二十首特集で一席となり、新鋭歌人として注目される。お茶の水女子大学大学院に在籍中の一九九一年、京都研修旅行中比良山にて転落し、永眠。没後まとめられた歌集『水の粒子』により、ながらみ書房出版賞特別賞を受賞。

ふいに来た彫像のように妹のからだの線は強くととのう

寒天質に閉じこめられた吾《あ》を包み駅ビル四階喫茶室光る

ほとばしる言葉の脚を切り落とす　硝子の外を遠ざかる鳥

息づいてエレベーターに押されいる我は細かい実をつけた枝

内へ内へと開きつづける大輪の花は花粉をこぼしはじめる

白抜きの文字のごとあれしんしんと新緑をゆく我のこれから

思うこと語れぬままに帰る夜の尾灯は赤し濡るる舗道に

悔いありて歩む朝《あした》をまがなしく蜘蛛はさかさに空を見ており

赤きジャンパーに細き脛もつ少年よいまの夕風なにを教えし

屋上までの階段君と上りつつ空を飛ぶ鳥恋うる一瞬

ずいずいと悲しみ来れば一匹のとんぼのように本屋に入る

大空へ向いて青を脱ぎ替えん意志けむらせて野に公孫樹立つ

投げられて空からおちてくるまでの花籠《はなかご》のような生を思えり

『水の粒子』一九九二

君の眼に見られいるとき私《わたくし》はこまかき水の粒子に還る
手の形母親と較べあっており夕食済みし食卓の上
木の下に憩う牧童おもいつつ父は辛夷を見上げていたり
メリノウールほどの手触り午後二時をそろりと生きて窓の内にいる
手をつなぎ桜をくぐる少女らの頬に影さし影はうつろう
良経の良の字美し単純にこだわりながら譲りたくなし
緻密に緻密かさねて論はつくられぬ崩されたくなく眼をつむりおり

一首鑑賞

君の眼に見られいるとき私《わたくし》はこまかき水の粒子に還る

ふと気がつくと、私は君に見られていた。ちらりと見られたのではない。君の眼は長く私に留まっていた。そこには私に向ける特別な思いがある。私も、君に向ける深い思いを自覚する。今までも好ましいと思っていた。でも、こうしてじっと見られただけで急速に思いが深まるほど好きだとは思わなかった。誰かを思うとき、人は自らの変化に気づく。体が火照ったり、胸がどきどきしたり。だが、歌人は自分が「水の粒子に還る」と詠む。水から生まれ、水をたたえて生きる人の体。その体内の水が一つひとつの粒子に戻ってすべて泡立ち、私自身は、その粒子の一つになってしまう。うたかたと消えた人魚姫のように。瑞々しくて大胆な恋の表現である。（C）

飯《いい》田《だ》有《あり》子《こ》

一九六八年群馬県生まれ。大学時代に作歌を始め「まひる野」「早稲田短歌」を経て「かばん」所属（現在は退会）。二〇〇一年オンデマンド歌集『林檎貫通式』（BookPark）刊行（現在は販売停止）。最近は文芸同人誌「別腹」で文学フリマに参加。歌集の挿絵担当のウメコ氏は松井たまき名義にて雑誌「アックス」などで漫画執筆中。

林檎貫通式
（BookPark）

『林檎貫通式』二〇〇一

のしかかる腕がつぎつぎ現れて永遠に馬跳びの馬でいる夢

女子だけが集められた日パラシュート部隊のように膝を抱えて

夏空はたやすく曇ってしまうからくすぐりまくって起こすおとうと

北半球じゅうの猫の目いっせいに細められたら春のはじまり

歌うのをやめた息にて一さじの穀物がゆをさましているわ

なにをしてもいまははじめて雪のはらいたいのいたいの飛んでおいでよ※

駈けてゆけバージンロードを晴れればれと羽根付き生理ナプキンつけて

かんごふさんのかごめかごめの（*sigh*）（*sigh*）（かわいそうなちからを）（もって）（いるのね）※

わたくしは少女ではなく土踏まずもたない夏の皇帝だった

雪まみれの頭をふってきみはもう絶対泣かない機械となりぬ

外側を強くするのよ月光に毛深い指を組んで寝るのよ

たすけて枝毛姉さんたすけて西川毛布のタグたすけて夜中になで回す顔

投与のことも水音と呼ぶ夕ぐれにどこでおちあう魂だったの

婦人用トイレ表示がきらいきらいあたしはケンカ強い強い

では、がんばりましょうねえとおばあちゃんが手をあげて降りていった夕焼け

ジャイアンの妹ではなく初めからジャイ子という名で生まれる世界

「こわれないものはつくっちゃいけないの。こわれないものはほかをこわすの。」

ママの分だったのですと壁に吊るオムレツ色の救命胴衣

駅員は骨壺抱いて歩みくる人魚を娶った男のように

もうこわくないこんなかたちをしていることが吹雪の予報の受話器を置いて

歌集未収録

※印の二首は歌集収録時ではなく初出の表記に戻しました

一首鑑賞

女子だけが集められた日パラシュート部隊のように膝を抱えて

小学校の保健体育の授業で月経と妊娠について教わるため、女子だけが集められた。教室の椅子ではなく、体育館の床に「膝を抱えて」座っている。ここで「パラシュート部隊」という比喩はあきらかに戦場のイメージだ。妊娠は、本人が望まないかぎりやっかいな身体の変調でしかなく、ときには命にかかわる。それでも生き延びること。〝女性は産む機械〟とか、〝母性は本能〟とかいう言説を疑い、人間の意志と勇気をもって生の戦場へ降下すること。そうしたことを、サバイバルの始まりの日と重ね合わせつつ考えているのかもしれない。その日、社会から切り離された女の子たちは膝を抱えながら、ひそかに連帯を育んでいた。 （S）

池田《いけだ》はるみ

奇譚集
（六法出版社）

一九四八年和歌山県生まれ。大阪で育つ。歌集に『奇譚集』『妣が国　大阪』『ガーゼ』『正座』などがある。短歌研究新人賞、ながらみ現代短歌賞、河野愛子賞などを受賞。「未来」短歌会選者・編集委員。NHK学園短歌友の会選者など。相撲が好きでエッセイ集『お相撲さん』がある。

エンジンのいかれたままをぶつとばす赤兄《あかえ》とポルシェのみ知る心
『奇譚集』一九九二

あんたホホしようむないことしようかいな格子は春の銀色しづく
『妣が国　大阪』一九九七

むかしゐし犬のアチャコはむちやくちやでござりまするといへば走りき

マンションの深き疲れを癒《いや》すべく高き足場《あしば》が組まれてゆけり
『ガーゼ』二〇〇一

夕暮れの皮膚科に鶴が舞ひ降りてピアスをしてといひにけるかも

白飯に恋しき人がゐたりけりふうふうと吹く恋しきひとを

死ぬ母に死んだらあかんと言はなんだ氷雨が降ればしんしん思ふ

この夜を息子が叫ぶ「なんだこりやあ」ビルに突つ込む飛行機を見て
『婚とふろしき』二〇〇七

風切つて歩いてゐるがガニ股になつてゐるのも知つてゐるわい

電車には人が大勢乗つてゐる寂しい竹がゆれてゐるのだ

ぼたん雪ぼたぼた降つてあかんたれ　己を宥す傘の中にて

あかね二歳いだけばわれの耳元につぼみのやうなかなしみをいふ
『南無　晩ごはん』二〇一〇

冷えびえとふところひらくをんなだと冷蔵庫のことおもつてゐたよ

子をつれて自転車漕いでゆくといふ月のやうだよディズニーランド
手の中に子がゐるときの短さや　わつと跳び越すにはたづみかな
元旦のテーブルのうへ朝日子も来よ紅白のかまぼこがある
これの世に分け入つて来た午前二時をとこの赤子あなたようこそ
出鱈目に可愛がつてはいけないが出鱈目になるのさ孫といふもの
さつきまで元気であつた夕映えにわたしはふつと手を合はせたり
けふわたしうんと閑なり真夏日のすずめに会いに草むらに来つ

『正座』二〇一六

一首鑑賞

死ぬ母に死んだらあかんと言はなんだ氷雨が降ればしんしん思ふ

第一歌集に「エンジンのいかれたままをぶつとばす赤兄《あかえ》とポルシェのみ知る心」という、歴史上の人物（蘇我赤兄）と現代のアイテム（ポルシェ）を結びつけた斬新な歌がある。その後は、同様の軽やかさと独特の技巧性を維持しつつ、読む素材は次第に家族、あるいは故郷の大阪へと移行していく。掲出歌は、母親が亡くなったあとに自分の言動を反芻している歌である。大阪弁の話し言葉が明るくやわらかく、切なさを際立たせる。宿命としてある「死」を、逝く人も、見送る人も覚悟して受け止めたことの結果として、「死んではだめ」という心の奥にある言葉を封印したのだろう。それでも氷雨が降るような胸まで冷える日には、悔恨の念がふとよぎるのである。（H）

石《いし》川《かわ》美《み》南《な》

砂の降る教室
（風媒社）

一九八〇年神奈川県生まれ。同人誌pool、[sai]の他、さまよえる歌人の会、橋目侑季（写真・活版印刷）とのユニット・山羊の木などで活動。歌集に『砂の降る教室』、『裏島』、『離れ島』。最近の趣味は「しなかった話」の蒐集。

『砂の降る教室』二〇〇三

とてつもなく寂しき夜は聞こえくる　もぐらたたきのもぐらのいびき

どつちにもいい顔してと責められてふくれてしまふやうな菜のはな

カーテンのレースは冷えて弟がはぷすぶるぐ、とくしやみする秋

みるくみるくはやく大きくなりたくて銀河の隅で口を開けをり

想はれず想はずそばにゐる午後のやうに静かな鍵盤楽器

『裏島』二〇一一

水鳥が羽を動かす場面のみ無音の映画　これはかなしみ

プラス蝶、マイナス蝶と帳面を埋めてせはしき春のいちにち

手品師の右手から出た万国旗がしづかに還りゆく左手よ

釣り針といふものかこれが　飲み込めば身体から海、海の剝がるる

丁寧に折り畳まれてゐる海を記憶に頼りながら広げよ

『離れ島』二〇一一

終点と思へば始点　渡り鳥が組み上げてゆく夏の駅舎は

人間のふり難儀なり帰りきて睫毛一本一本はづす

息を呑むほど夕焼けでその日から誰も電話に出なくなりたり

私だけ覚えておけば良い名なり　枕木に降る柔らかな雨
乱闘が始まるまでの二時間に七百ページ費やす話
犬の国にも色街はあり皺くちゃの紙幣に犬の横顔刷られ
飛び石はどこへ飛ぶ石　つかのまの疑問のごとく暗がりに浮く
夏のあひだは辛うじてまだ恋だつた　羽から舐めて消す飴の鳥
卓上の骨格図鑑ペリカンのページ気が済むまで生きて死ぬ
定年まで勤め上げたらわたしたち夏の不機嫌町で落ち合ふ

歌集未収録

一首鑑賞

息を呑むほど夕焼けでその日から誰も電話に出なくなりたり

誰もが顔を上げて見てしまうような夕焼けを、どう言い表すか。ここでは赤いとか美しいとかいった単純な言葉ではなく、「息を呑むほど」という長めのフレーズによって、驚き、怖れすら滲む一瞬を告げている。そして、歌は一瞬のできごとでは済まない。「その日」が何かの運命の日であったか、以後、誰も電話に出なくなったのだという。人類は「その日」を境に消えてしまったのだろうか。そんなことは書かれていない。しかし、人間に電話への関心を失わせる、つまり文明の変化をもたらすほどの天象がありうるかもしれないという想像を読者は掻き立てられることになる。喜劇とも悲劇ともつかない、三十一音の壮大なドラマである。（S）

伊《い》舎《しゃ》堂《どう》 仁《ひとし》

トントングラム
（書肆侃侃房）

一九八八年沖縄県生まれ。「なんたる星」所属。

『トントングラム』二〇一四

海だけのページが卒業アルバムにあってそれからとじていません

（屋上の）（鍵）（ください）の手話は（鍵）のとき一瞬怖い顔になる

登校日　すべすべした手でかえされたMONO消しゴムのOが●

赤紙をもらった人だけが見れるめちゃくちゃおもしろい踊りだよ

０．０１票みたいな人だしとにこにこしてたら三万人いる

〈この色の尿が出たら注意しましょう〉一覧表が夜景のようだ

給食で育ったくせに十万字インタビューみたいに喋ってる

そのときに付き合ってた子が今のＪＲ奈良駅なんですけどね

いしゃどうに会わせたい人がいないんだ　ぜひ会わないでみてくれないか

ダイソーで買ったカップの絵の家の窓の灯りのオレンジ　やめて

消音の香取慎吾と消音の小堺一機がずっと笑ってる

男の子ならば直哉、女の子ならばトントングラムにしよう

第三次世界大戦終戦後懇親会に御出席します　~~御欠席~~

神様になって上から聴いている気持ちになれる　音量1で

ばあちゃん家いきたくならない？　冬に窓あけてソーセージゆでてたら

その町にいればどこからでも見えるでかい時計の狂ってる町

ぼくたちを徴兵しても意味ないよ豆乳鍋とか食べてるからね

本日も東日本のご利用まことにありがとうございました

ちょびヒゲを剃ったアドルフ・ヒトラーがモバイルショップで持つ7の札

自販機へのぼる誰もがつま先をお釣りの穴にいったん入れて

歌集未収録

一首鑑賞

海だけのページが卒業アルバムにあってそれからとじていません

自分の写真は笑顔がぎこちなくて、気恥ずかしい。好きだった子の写真は、さまざまな思いを呼び起こさせる。卒業アルバムは、普段手に取ることは少ないが、どうしても捨てられないもの。そこには、顔写真や集合写真だけでなく、青春を思わせるような風景写真も載っている。海辺の学校であれば、みんながいつも見ていた海の写真を大きく載せるだろう。その海の写真だけのページを見て、心奪われたのか、それ以来、アルバムを閉じていないというのだ。開かれたまま部屋に置いてあるアルバムは、そこに四角い海があるように見えるだろうか。その持ち主は、部屋に入るたびに、その海の写真を眺めるのだろうか。「海だけのページ」の存在感が増していく。（C）

井辻朱美《いつじあけみ》

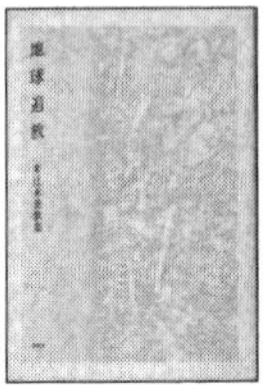
地球追放
（沖積舍）

一九五五年東京都生まれ。第21回短歌研究新人賞受賞。歌集に『地球追放』『水族』『クラウド』、小説に『エルガーノの歌』『風街物語』『遙かより来る飛行船』、評論に『ファンタジー万華鏡』他。『歌う石』（メリング）にて第43回産経児童文学賞翻訳部門受賞、『ファンタジーの魔法空間』にて第27回日本児童文学学会賞受賞。「かばん」発行人。白百合女子大学教授。

『地球追放』一九八二

宇宙船に裂かるる風のくらき色しづかに機械《メカ》はうたひつつあり

碧瑠璃の翼に越ゆる秋ふかきわがたましひのヘルデン・テノール

『水族』一九八六

額高き銀の馬らをしたがえてねむるがごとき風はふくなり

竜骨という名なつかしいずれの世に船と呼ばれて海にかえらむ

海という藍に揺らるる長大な椎骨のさき進化の星くず

『吟遊詩人』一九九一

純白の毛皮ふぶけるその胸の傷跡あまた星よりきたる

死にいたるまでの愛とふ言葉もて北半球に生れたる甲冑

水球にただよう小エビも水草もわたくしにいたるみちすじであった

楽しかったね　春のけはいの風がきて千年も前のたれかの結語

『コリオリの風』一九九三

杳《とお》い世のイクチオステガからわれにきらめきて来るＤＮＡの砕片

雪の降る惑星ひとつめぐらせてすきとおりゆく宇宙のみぞおち

『水晶散歩』二〇〇一

しんじつにおもたきものは宙に浮かぶ　惑星・虹・陽を浴びた塵

椰子の葉と象の耳ほどこの星の風が愛したかたちはなかつた

想うとは水ににじんでふるえる声紋　けばだちながら積まれゆく雲
傷が生むしずかな拍動　夕空にななたび生まれ愚かにて死す
膨大な記憶を転写されている夕焼けのわれにピアノのしずく
たぎりおちる滝あまたもつプラネット　すべての思想はつめたく香る
映すものの意味もわからずいつの日か蒸発してゆくすべての水たまり
リマインド　リマインド　という痛みもて枝ことごとく桜をささぐ
初期化されたたましいのように天心をふかれてすぎる羊雲たち

『クラウド』二〇一四

一首鑑賞

しんじつにおもたきものは宙に浮かぶ　惑星・虹・陽を浴びた塵

宙に浮かぶものの例として、惑星、虹、陽光の中に見える塵が挙げられ、それらはみな「しんじつにおもたきもの」であるという。詩的でない言い方をするなら、確かに重さを持つものということになるだろう。地球の質量は5・97×10^{24}キログラム。塵の重さはミリグラムまたはマイクログラム単位か。虹は光の現象であり、光の質量は従来の科学ではゼロとされてきたが、その際プリズムとなる空中の水滴には重さがある。人間の知覚範囲を外れていても、それぞれのスケールで重さをそなえる存在が、それぞれの形状で引き合いバランスを保ちながら宙に浮かぶのだという直観、その調和は、世界の創造におけるひとつの奇跡の感知にほかならない。（S）

伊藤一彦《いとうかずひこ》

瞑鳥記
（現代短歌社）

一九四三年宮崎県生まれ。第六歌集『海号の歌』で第47回読売文学賞、第九歌集『新月の蜜』で第10回寺山修司短歌賞、第十歌集『微笑の空』で第42回迢空賞、第十一歌集『月の夜声』で第21回斎藤茂吉短歌文学賞、第十二歌集『待ち時間』で第15回小野市詩歌文学賞、第十三歌集『土と人と星』他で第38回現代短歌大賞、第57回毎日芸術賞、第9回日本一行詩大賞を受賞。

おとうとよ忘るるなかれ天翔ける鳥たちおもき内臓もつを

古電球あまた捨てきぬ裏の崖ゆきどころなき霊も来ていし

動物園に行くたび思い深まれる鶴は怒りているにあらずや

啄木をころしし東京いまもなほヘリオトロープの花よりくらき

眼のくらむまでの炎昼あゆみきて火を放ちたき廃船に遭ふ

海港のごとくあるべし高校生千五百名のカウンセラーわれは

母の名は茜、子の名は雲なりき丘をしづかに下《くだ》る野生馬

微恙《びやう》にて人は死なむか微言《びげん》にて人は生きむか　柘榴笑ふな

生れきて一日《ひとひ》たたぬにくさめしてまたおならしてみどりごは忙

超人の哲学よりも生涯を病身のニーチェおもふ　はるさむ

新月と満月にいのち多く生《あ》るわれはいかなる月夜に生れし

アラスカまで往きて還りし四年間この鮭の身の一切《ひときれ》にもあり

わたくしをわたくし探さばその間のわたくし不在　梟が啼く

『瞑鳥記』一九七四
『月語抄』一九七七
『火の橘』一九八二
『青の風土記』一九八七
『森羅の先』一九九一
『海号の歌』一九九五
『日の鬼の棲む』一九九九
『柘榴笑ふな』二〇〇一
『新月の蜜』二〇〇四
『微笑の空』二〇〇七

梅の林過ぎてあふげば新生児微笑のごとき春の空あり

三割がＰＴＳＤといふ帰還兵　残る七割の「正常」思ふ

月あかり照る道に誰何されざればこの列島に一人のごとし

『月の夜声』二〇〇九

致死量の日向《ひうが》の空の青にまだ殺されずわれ生きてゐるなり

復旧や復興について論じをりたつた一人の遺体にも触れで

『待ち時間』二〇一二

一生に一度の遊行　はなびらはわづかの間《あひ》をかがやき舞ひぬ

冬銀河古く新しき光なりいのち以前のいのちかがやかす

『土と人と星』二〇一五

一首鑑賞

海港のごとくあるべし高校生千五百名のカウンセラーわれは

伊藤一彦は、長くスクールカウンセラーとして勤務し、さまざまな生徒や保護者の相談にのってきた。どの学校でも、人々に頼られ、愛される先生だったことだろう。この歌では、スクールカウンセラーは海港のようであるべきだという。さまざまな場所からやってくる船を迎え、それぞれに必要なものを与え、緊張から解放されたひとときをもたらし、また次の旅立ちを促す。変化の激しい海も、海港の前では穏やかな姿を見せる。海港は、船にとって、なくてはならない存在だ。だが、船旅を終えて陸の生活に戻った船員たちは、航海中の出来事を懐かしく語りはするが、海港を思い出したりはしない。「そんなものだよ。それでいいんだよ」と海港は笑うだろう。（C）

内山《うちやま》晶太《しょうた》

たんぽぽの河原を胸にうつしとりしずかなる夜の自室をひらく

通過電車の窓のはやさに人格のながれ溶けあうながき窓みゆ

さみしさも寒さも指にあつまれば菊をほぐして椿をほぐす

蚊に食われし皮膚もりあがりたるゆうべ蚊の力量にこころしずけし

背中まるめて歩くひとりはだれだろうひかりのなかの蟹のほとりを

降る雨の夜の路面にうつりたる信号の赤を踏みたくて踏む

列車より見ゆる民家の窓、他者の食卓はいたく澄みとおりたり

湯船ふかくに身をしずめおりこのからだハバロフスクにゆくこともなし

わが胸に残りていたる幼稚園ながれいでたりろうそくの香に

冬のひかりに覆われてゆく陸橋よだれかのてのひらへ帰りたし

わたくしに千の快楽を　木々に眼を　マッチ売りにはもっとマッチを

口内炎は夜はなひらきはつあきの鏡のなかのくちびるめくる

夜のみずながれてあれは鼠なりなめらかにありし二秒の鼠

『窓、その他』二〇一二

窓、その他
（六花書林）

一九七七年千葉県生まれ。「短歌人」、「pool」同人。一九九二年より作歌をはじめる。一九九八年、「風の余韻」で第13回短歌現代新人賞受賞。二〇一二年、第一歌集『窓、その他』を刊行。翌二〇一三年、同歌集で第57回現代歌人協会賞を受賞。

沈丁花みえて阿修羅をおもうこと稀にしてしかし忘れがたしも
馬と屋根ひとつながらに回りゆくそのからくりは胸に満ちたり
桃の汁あふれ肘までしたたれるあらくれて一人桃を食うとき
布のごとき仕事にしがみつきしがみつき手を離すときの恍惚をいう
頭よりシーツかぶりて思えりきほたるぶくろのなかの暮らしを
冬に咲くチューリップの辺、焚く紙のほのおは空へちぎれてゆけり
少しひらきてポテトチップを食べている手の甲にやがて塩は乗りたり

一首鑑賞

蚊に食われし皮膚もりあがりたるゆうべ蚊の力量にこころしずけし

蚊に食われたら、多くの人が痒さに耐えられずに皮膚を引っ掻いたり、蚊を憎く思ったり、蚊を叩いたり、うなだれながら薬を塗ったりする。だが、歌人はそんな当たり前のリアクションを描いたりしない。一日の疲れが出てくる夕方、皮膚の盛り上がったところに目をとめる。蚊に食われた痕だ。蚊は、痒くなる液体を注入し、どこかへ飛んでいった。こんなに盛り上がっているなんて、この蚊はよほど頑張ったのだろう。ひととき歌人は蚊に思いを馳せる。私の血を吸った蚊は、今どこにいるだろう。誰かに叩かれず、生き延びているだろうか。皮膚の、力強く盛り上がったところが「きっと大丈夫ですよ」と答えているかのようだ。（C）

梅内美華子《うめないみかこ》

横断歩道（ゼブラ・ゾーン）
（雁書館）

一九七〇年青森県生まれ。一九九一年第34回角川短歌賞受賞。『若月祭』で第1回現代短歌新人賞受賞。『エクウス』で芸術選奨文部科学大臣新人賞、第8回葛原妙子賞受賞。二〇一二年第48回短歌研究賞受賞。歌集『横断歩道』他、歌書『現代歌枕　歌が生まれる場所』、『ここから始める短歌』。

階段を二段跳びして上がりゆく待ち合わせのなき北大路駅
空をゆく鳥の上には何がある　横断歩道《ゼブラ・ゾーン》に立ち止まる夏

『横断歩道《ゼブラ・ゾーン》』一九九四

生き物をかなしと言いてこのわれに寄りかかるなよ　君は男だ
われよりもしずかに眠るその胸にテニスボールをころがしてみる
ティーバッグのもめんの糸を引き上げてこそばゆくなるゆうぐれの耳
抱きながら背骨を指に押すひとの赤蜻蛉《あかあきつ》かもしれないわれは

『若月祭《みかづきさい》』一九九九

みつばちが君の肉体を飛ぶような半音階を上がるくちづけ
ごんごんとわが吊鐘が積まれゆく鐘に飛び込む女見てより
つんつくつんつんつくつんと揺れながら下駄の少女が橋渡りくる

『火太郎《ほたろう》』二〇〇三

わあと鳴る桜　ほっほと息をつぐ桜　散るまで走る花の日
普賢といふ白梅散つて春の闇　三日月の目に象わらふなり

『夏羽《なつばね》』二〇〇六

「それは灰」と誰かが言へば骨ひろふ箸の先にて祖母くづれたり
いつのまにか金魚が棲んでゐるやうな甕がありますす夏の胸には

『エクウス』二〇一一

ゆふぐれに扉閉まれば御仏はおのれの腕を吸ひはじめたり
ウオッカといふ牝馬快走その夜のわたしの肌のやすらかな冷え
コブラから猫へ杖へと擬態してニンゲンにもどるときを怖るる
銀髪の婦人のやうな冬の日が部屋に坐しをりレースをまとひ
降りおちてまるくなりゆく時の層しづかに胸にきたる真珠は
人生は「あの日」を積みてゆくものかスクランブルに熱風くだる
赤き玉とろりとできてこぼさなかつた泪のやうな線香花火

『真珠層』二〇一六

一首鑑賞

階段を二段跳びして上がりゆく待ち合わせのなき北大路駅

大切な人との待ち合わせがある日には、気合を入れておしゃれして、階段もゆっくり上がる。彼と過ごす時間は特別で、刺激に満ちていて、いちばんきれいな笑顔でいたいと思う。この人といつまでも一緒にいられたら、と願う。デートの予定がない日には、いつもの私。でも、彼と会えない日も、それなりにいいものだ。友達と大声でおしゃべりしたり、街中でふと空を見上げたり。駅の階段だって、二段跳びでぐんぐん駆け上がる。若い体は、空に近づくことを楽しむかのように、勢いよく跳ねる。この一首を含んだ連作で角川短歌賞を受賞したとき、作者は大学在学中だった。華やぎのある時も、何気ない一日も、どちらもリアルな青春なのだ。（C）

江戸《えど》　雪《ゆき》

百合オイル
（砂子屋書房）

一九六六年大阪府生まれ。歌集は、『椿夜』（二〇〇一年度咲くやこの花賞、第10回ながらみ現代短歌賞）『声をききたい』『昼の夢の終わり』など六冊。ほかには入門書『今日から歌人！』など。最近は街や山を「歩き回る」のが好きになり自然から享ける恩恵の貴さをつよく感じている。それは、この時代にうたを詠う意味にもつながっていく予感がする。

君は腕の楕円のなかにわれを置くうしろに夏の雲を待たせて
『百合オイル』一九九七

膝くらくたっている今あとなにを失えばいい　ゆりの木を抱く

葉の匂いざあと浴びつつさきほどの「君って」の続き気になっている

ベランダに佇つとき列車は陽の中へ腕が抜けゆくように遠のく
『椿夜』二〇〇一

百合をうかべたのはわたし　みずうみに張りついている空傷つける

きりわけしマンゴー皿にひしめきてわが体内に現れし手よ

ふゆくさのような髪して子よわれを愛しつづけよ憎みつづけよ

われら今メタセコイアにぶらさげた心臓ふたつ落とさぬように

雨の階のぼりゆく君　咽喉《のみど》から海がきこえそうなほど無口な

碧空をうけいれてきただけなのに異形のひととしてそこにいる
『DOOR』二〇〇五

名前さえさびしい恋よ　椅子の足いっぽんいっぽん拭いてゆく朝

太陽はどこにあったか泣くことをぬすまれたひとはまっすぐに立つ

なにもかも知ってしまった後の洞かかえて鳥は空を出でゆく
『駒鳥《ロビン》』二〇〇九

涙は　ぜいたくひんのようであり花携えず運ばれる死者
近づいてまた遠ざかるヘッドライトそのたびごとに顔面すてる
ここはまだ平和ですのと咲いているひまわり風にゆれるひまわり
セロファンにつつまれていし一房を水にひたせば一粒うかぶ
陽だまりにとめどない黄よ落葉はまた逢うための空白に降る

『声をききたい』二〇一四

夕暮れはどうでもいいこと考える　あなたが猫を呼んでいるとか
うしなった時間のなかにたちどまり花びらながれてきたらまたゆく

『昼の夢の終わり』二〇一六

一首鑑賞

膝くらくたっている今あとなにを失えばいい　ゆりの木を抱く

「膝くらく」立つ、という表現は少し不思議である。物理的に膝が影になっていることと、心理的な暗さを感じているということが二重に投影されているのだろう。江戸の作品の特徴は、やわらかな口語でおおらかな文体を駆使しつつ、どこか内省的で、日常の中に浮上する苦味や悲しみが深い陰影をもたらしていることである。この歌では、ふと兆した不安感がひたひたと満ちてきたときの、喪失への漠然とした恐れが描かれている。下の句に出てくる「ゆりの木」は外来の高木で、てのひらのような葉が特徴の落葉樹である。「百合」や「揺らぎ」の語も引き出し、香り高く繊細な存在を慈しみながら抱いているイメージが浮かぶ。それらはすべて、一人の中にある痛切な想いと繋がっているのだろう。（H）

大口玲子《おおぐちりょうこ》

海量
（雁書館）

一九六九年東京都生まれ。歌誌「心の花」所属。歌集に『海量』『東北』『ひたかみ』『トリサンナイタ』『桜の木にのぼる人』。他に『セレクション歌人5大口玲子集』『神のパズル』。「ナショナリズムの夕立」で第44回角川短歌賞受賞。大学卒業後、中国吉林省や東京などで日本語教師をつとめる。結婚後は宮城県に住み、二〇一一年に宮崎県宮崎市に移住。

鳥よりも鳥の名前が好きだから滴るひかり喉に溜めをり

『海量《ハイリャン》』一九九八

形容詞過去教へむとルーシーに「さびしかつた」と二度言はせたり

炎昼に母語は汗して立つものを樹皮剥ぐごとき剥奪思ふ

わが馬は初夏へ走りゆき日本語を捨てて詩を書く充実にゐる

箇条書きで述ぶる心よ書き出しの一行はほそく初雪のこと

『東北』二〇〇二

遠き太鼓の音聴くやうに人と居て人の話をまつたく聞かず

人生に付箋をはさむやうに逢ひまた次に逢ふまでの草の葉

夏きざすやうに勇気はきざすのか飲酒ののちの蕎麦のつめたさ

花束をもらふなら青　初夏の花舗にあふるる光の束を

『ひたかみ』二〇〇五

歯型にて本人確認するといふ歯はさびしくてそを磨きをり

取材先で覚えたる合気道の技を試せどわれに勝てぬ夫よ

わが一生《ひとよ》いつどこで鬼と逢へるらむその日のために化粧を濃くす

大粒のほたるの雨、涙のごとし産まざれば見えぬサマリアの虹

『トリサンナイタ』二〇一二

紙袋に乳児捨てられし記事を読みその重さありありと抱きなほす
指さして「みづ」と言ふ子に「かは」といふ言葉教へてさびしくなりぬ
子の好きな屈折放水塔車けふ絵本を飛び出し福島へゆく
かじかなく沢辺にほたる追ひながら子はいくたびも視界から消ゆ
街はくまなく電飾されて聖家族に居場所なかりし聖夜のごとし
産めと言ひ殺せと言ひまた死ねと言ふ国家の声ありきまたあるごとし
みどりごはあくびせりけり神がノアに見せたりし虹のごときあくびを

『桜の木にのぼる人』二〇一五

一首鑑賞

形容詞過去教へむとルーシーに「さびしかつた」と二度言はせたり

日本語学校の教師として外国人留学生に日本語を教えている場面である。「形容詞過去」という文法を学ぶために選ばれた「さびしかった」という日本語は、それを言っている生徒、言わせている教師、両方の胸の内にあるものを表面化して響き合わせたような、不思議な切なさが浮遊する。その感慨は、わざわざ「二度」言わせていることから発している。一度目の「さびしかった」は、学習するための表面的なものだが、二度目は恣意的で、思わず心を掘り下げさせてしまった教師側の後ろめたさも投影されているのだろう。未知の国で日本語を学ぶ「ルーシー」とその先生、という関係性は普遍的である。大口は、個人の心を掘り下げ、現代人の心を表現する言葉を模索している。（H）

大滝和子《おおたきかずこ》

一九五八年神奈川県生まれ。第一歌集『銀河を産んだように』で第39回現代歌人協会賞を、第二歌集『人類のヴァイオリン』で第11回河野愛子賞を受賞。第三歌集に『竹とヴィーナス』。

銀河を産んだように
（砂子屋書房）

『銀河を産んだように』一九九四

サンダルの青踏みしめて立つわたし銀河を産んだように涼しい

反意語を持たないもののあかるさに満ちて時計は音たてており

収穫祭　稜線ちかく降りたちて between や up や away を摘めり

逢うことのできない今を踏みてゆく　白鳥座駅《シグナス》にちかき草原

めざめれば又もや大滝和子にてハーブの鉢に水ふかくやる

さみどりのペディキュアをもて飾りつつ足というは異郷のはじめ

ホームラン放つバットが種子だった姿おもうよ水を飲みつつ

『人類のヴァイオリン』二〇〇〇

はるかなる湖《うみ》すこしずつ誘《おび》きよせ蛇口は銀の秘密とも見ゆ

家々に釘の芽しずみ神御衣《かむみそ》のごとくひろがる桜花かな

スカートの影のなかなる階段をひそやかな音たてて降りゆく

ほの光るDNAをたずさえてわたしは恋をするわたしもり

はてしない宇宙と向かいあいながら空瓶ひとつ窓ぎわに立つ

観音の指《おゆび》の反りとひびき合いはるか東に魚選《え》るわれは

無限から無限をひきて生じたるゼロあり手のひらに輝く
腕時計のなかに銀の直角がきえてはうまれうまれてはきゆ
友情の西からのぼり恋人の東へしずむまぶしき馬よ
帰れざりし三塁走者さまよえる砂漠あらむよこの春嵐
柘榴の樹茂るかたわら人類の人生想い汗ばみており
存在の釣糸ひかり魚たちは捕えられゆくとき立ちあがる
わが影を川の水面《みなも》にあそばせて日輪という祖先しずけし

『竹とヴィーナス』二〇〇七

一首鑑賞

腕時計のなかに銀の直角がきえてはうまれうまれてはきゆ

腕時計の文字盤では、長針、短針、秒針が互いにいくたびも直角をなす。三時や九時ちょうどが想い描きやすいが、どの時刻にせよ一瞬ののちに直角は直角でなくなってしまう。そんなはかない現象を「きえてはうまれ……」ときびきびうたうことにより、フィルムを早送りするように時間を眺めわたす感覚が生まれた。「消えては生まれ」と漢字にすると意味に区切れができ、永続性が失われてしまうだろう。ところで、この歌に文字盤とか針といった語は出てこない。時計の表面ではなく「なか」とあるし、「銀」は針の色とは書かれていない。そこを意識したとたん、小さな文字盤ごしに無限大の抽象空間へ飛び込める気がしないだろうか。（S）

大塚寅彦《おおつかとらひこ》

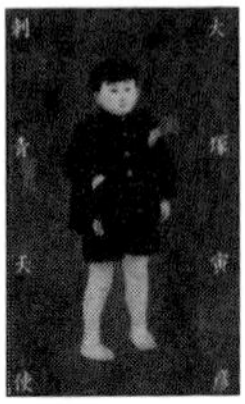

刺青天使
（短歌研究社）

一九六一年愛知県清須市生まれ。十七歳より作歌を始め、一九八二年「刺青天使」で第25回短歌研究新人賞。歌集に『刺青天使』『空とぶ女友達』『声』『ガウディの月』『夢何有郷』。歌書に『名歌即訳・与謝野晶子』。二〇〇四年より中部短歌会「短歌」編集発行人。最近は筋トレ、ウォーキングに心掛ける毎日。

指頭もて死者の瞼をとざす如く弾き終へて若きピアニスト去る

『刺青天使』一九八五

洗ひ髪冷えつつ十代果つる夜の碧空色の瓦斯《ガス》の焔を消す

をさなさははたかりそめの老いに似て春雪かづきゐたるわが髪

母の日傘のたもつひめやかなる翳にとらはれてゐしとほき夏の日

花の宴たちまち消えて月さすは浅茅がホテル・カリフォルニア跡

生没年不詳の人のごとく坐しパン食みてをり海をながめて

『空とぶ女友達』一九八九

死者として素足のままに歩みたきゼブラゾーンの白き音階

秋のあめふいにやさしも街なかをレプリカントのごとく歩めば

小惑星エロスの位置をふいに問ふ子の瞳より暮れてゆく春

わが骨を笛としなして縄文のこゑ蘇《かへ》らする息ざしのあれ

『声』一九九五

睡りゐる麒麟の夢はその首の高みにあらむあけぼのの月

みづからをひとでと思ふこともなくひとでは一日《ひとひ》波を浴みをり

去りてゆく〈昭和〉はつひの力もて老い父の眼をわづか濡らしき

宇宙とふ無音の量《かさ》を思ふときわれ在ることの〈声〉のごとしも
地球より離れゆけざるかなしみのあらむか月のひかり潤めり
魚の眼にわれは異形のものなるを　しづかなるひるの水槽に寄る
黒塗りのピアノの蓋を寝棺のごとく閉ぢたり　風うたふこゑ

『ガウディの月』二〇〇三

弥勒像ゆびさきほのか頬《ほ》に触るる果てなき思惟の昼のしづけさ
入れ子人形《マトリヨーシカ》だんだん小さくなる自我のさびしさ並ぶ店内にをり
死もて師はわれを磨かむ秋天の青こぼれたるごとき水の辺

『夢何有郷』二〇一一

一首鑑賞

睡りゐる麒麟の夢はその首の高みにあらむあけぼのの月

大塚の短歌を読むと、あらゆる存在にまとわりついている固定概念から解き放たれて、その存在が新しい光を得て輝き出す喜びを得ることができる。陸上の生き物としては最も背が高い大人のキリンは、身長四、五メートルにもなる。立ったまま眠るキリンは、そんなにも高いところで夢を見ている。言われてみれば当たり前のことだが、「その首の高み」という厳かな言語表現によって、その孤高の存在の美しさが際立つ。空中高く浮かぶ夢には、「あけぼのの月」の光がやさしく溶け込むことだろう。この世界のどこかで屹立のまま眠るキリンの夢を慮ることで、この世界の豊かさがゆっくりと膨らんでいく。生死を含めた世界の枠組みがゆるやかに溶けだし、心がほぐれていく。（H）

大辻隆弘《おおつじたかひろ》

水廊
（砂子屋書房）

一九六〇年三重県生まれ。龍谷大学大学院文学研究科修了（哲学）。一九八六年未来短歌会に入会、岡井隆氏に師事。現在選者。歌集に『水廊』『抱擁韻』（現代歌人集会賞）『デプス』（寺山修司短歌賞）『汀暮抄』『景徳鎮』など。論集に『子規への溯行』『岡井隆と初期未来』『アララギの脊梁』（島木赤彦文学賞・日本歌人クラブ評論賞）『近代短歌の範型』（佐藤佐太郎短歌賞）など。

疾風にみどりみだるれ若き日はやすらかに過ぐ思ひゐしより
青嵐ゆふあらし過ぎ街路樹にわが歌ひ得ぬものらはさやぐ
指からめあふとき風の谿《たに》は見ゆ　ひざのちからを抜いてごらんよ
ゼフュロスは雨をたづさへ街路樹とわれらを濡らす、別れを言はう
十代の我《あ》に見えざりしものなべて優しからむか　闇洗ふ雨

『水廊《すいらう》』一九八九

やがてわが街をぬらさむ夜の雨を受話器の底の声は告げゐる
青春はたとへば流れ解散のごときわびしさ杯をかかげて
朝庭に空き瓶を積むひびきして陽ざし触れあふごときその音

『ルーノ』一九九三

凍るやうな薄い瞼をとぢて聴く　ジュビア、ジュビア、寒い舌をお出し
校庭を生絹《きぎぬ》のごとく覆ひたる霜としいへどやがて泥濘
戸袋に若葉のいろのうす闇が吐息のやうに差しこむ五月
つまりつらい旅の終りだ　西日さす部屋にほのかに浮ぶ夕椅子
受話器まだてのひらに重かりしころその漆黒は声に曇りき

『抱擁韻《はうようゐん》』一九九八

子を乗せて木馬しづかに沈むときこの子さへ死ぬのかと思ひき
会ひたいといふ、あひたさは冷えながらくだるなみだを追ひぬいてゆく
紐育空爆之図の壮快よ、われらかく長くながく待ちゐき

『デプス』二〇〇二

蜂蜜のよどみのやうな残光といへりそれさへつかのまにして
傘の上を雨滴あかるく滑り落ちやがて待たれてゐむと思ひき

『夏空彦《なつそらひこ》』二〇〇七

ひとはたれも城を抱くとぞ夕潮に石垣濡れて沈みゆく城
歌ひつつゆく自転車は踏切の弾みを越えて遠ざかる声

『汀暮抄《ていぼせう》』二〇一二

一首鑑賞

子を乗せて木馬しづかに沈むときこの子さへ死ぬのかと思ひき

子どもを乗せたメリーゴーラウンドが回りながら上下しており、下がる動きを「しづかに沈む」と繊細に表現している。「しづかに」が回転のなめらかさを伝えるとともに、「沈む」はいくらか暗い気分も呼び起こす。気が沈むとか、船が沈むとかいうふうに使われる動詞だからである。「沈む」という言葉がおそらく、後半の不吉な考えを引き出したのだろう。書き留められているのは、成長中の自分の子が死ぬことはないという無意識の思い込みに気づいた瞬間である。さらに、人はみないつか死ぬのだという摂理に納得できない気持ちが「さへ」の一語からうかがわれる。ほほえましい光景の中で自分の気持ちに執してしまう親の心が悲しい。（S）

大西民子《おおにしたみこ》

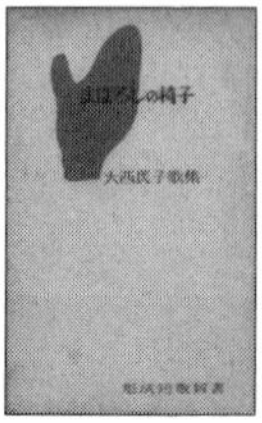

まぼろしの椅子
（新典書房）

一九二四年岩手県生まれ。奈良女子高等師範学校在学中に前川佐美雄に短歌を学ぶ。一九四九年埼玉県に移住。木俣修に師事し「形成」創刊に同人として参加。一九七二年同居していた妹が急逝。一九八二年『風水』で第16回迢空賞、一九九二年『風の曼陀羅』で第7回詩歌文学館賞受賞。一九九三年「形成」解散後、「波濤」創刊。一九九四年、病没。

かたはらにおく幻の椅子一つあくがれて待つ夜もなし今は　　『まぼろしの椅子』一九五六

いつまでも明けおく窓に雨匂ふもしや帰るかと思ふも寂し

バス降りて十字路をよぎり来る君よ夕陽の中のわれに手あげて

夜行バスの窓より見えて星かげと山あひの灯《ひ》とまたたきかはす　　『不文の掟』一九六〇

手懸りのなくて歩むにいりくめる道のいづくにも木犀匂ふ

木耳《きくらげ》を剝ぎゆく魔物見し日より日毎に烈し林の落ち葉　　『無数の耳』一九六六

石臼のずれてかさなりゐし不安よみがへりつつ遠きふるさと

切り株につまづきたればくらがりに無数の耳のごとき木の葉ら

てのひらをくぼめて待てば青空の見えぬ傷より花こぼれ来る

医師の手にゴムの歯型を残し来てまぎれもあらぬ夜のわが顔　　『花溢れゐき』一九七一

あたためしミルクがあましいづくにか最後の朝餉食《は》む人もゐむ

円柱は何れも太く妹をしばしばわれの視野から奪ふ　　『雲の地図』一九七五

指人形《ギニョール》の少女が持てる花籠に花の無かりしことのみ思ふ

亡き人のショールをかけて街行くにかなしみはふと背にやはらかし
もし馬となりゐるならばたてがみを風になびけて疾《と》く帰り来《こ》よ
引力のやさしき日なり黒土に輪をひろげゆく銀杏の落ち葉　『野分の章』一九七八
うち揃ひ夕餉なしたる日のありき小さき額の絵のごとく見ゆ　『風水』一九八一
妻を得てユトレヒトに今は住むといふユトレヒトにも雨降るらむか　『印度の果実』一九八六
沐浴をすませて匂ふ女童《めわらは》が隣にゐたる日のある如し　『風の曼陀羅』一九九一
みどりごは見えぬもの見て泣くといふ噴水の秀《ほ》に冬の日が差す　『光たばねて』一九九八

一首鑑賞

かたはらにおく幻の椅子一つあくがれて待つ夜もなし今は

夫が帰ってくるのをひたむきに待ち続けた日があった。しかし今は、そんな気持ちも持つことができない……。この世では決して叶えられない望みを託すかのような「かたはらにおく幻の椅子」というフレーズが哀しい。大西は十年別居した夫と協議離婚し、その後母や妹など、次々に大切な人も失う中で、喪失感や孤独、不安を詠んだ。そのため切なさの滲む歌が多いが、文体は一貫して冷静で、あらゆる現象に対する理知的な洞察がある。それは、夢や幻を題材にするときにも変わらず、常に焦点の定まった形でその感覚を手渡される。確かなイメージの中に独自の世界観がある。毅然と生きるその心が日常を切り取ると、なんでもない風景の隙間にある不思議さが漏れ出してくる。（H）

大松達知《おおまつたつはる》

フリカティブ
（柊書房）

一九七〇年東京都生まれ。上智大学外国語学部英語学科卒。一九九〇年「コスモス」入会（現在、編集委員・選者）、翌年同人誌「棧橋」参加（二〇一四年終刊）。歌誌「COCOON」発行人。歌集に『フリカティブ』『アスタリスク』『ゆりかごのうた』（第19回若山牧水賞）など。千葉ロッテマリーンズを愛する。都内私立男子中学高校に勤務。

かへりみちひとりラーメン食ふことをたのしみとして君とわかれき　『フリカティブ』二〇〇〇

a pen が the pen になる瞬間に愛が生まれる　さういふことさ

のちの世に手触れてもどりくるごとくターンせりプールの日影のあたり

〈いい山田〉〈わるい山田〉と呼びわける二組・五組のふたりの山田

めちゃくちゃを止せば老人になりさうでときに食ふ夜半のとんこつラーメン　『スクールナイト』二〇〇五

あなたには（くつしたなどの干し方に）愛が足らぬと妻はときに言ふ

生徒ひとり平手打ちする夢のなかわれは真紅の袴を穿いて

あぢさゐを〈水の器《ハイドレインジア》〉と呼ぶこころ　西洋人《きみたち》かなりやるぢやないか

玉砕だあ　叫ぶ声ありはつなつの考査終はりしざわめきのなか　『アスタリスク』二〇〇九

しばしばを背比べしに来しひとりもう来ずわれを抜きさりてのち

誤植あり。中野駅徒歩十二年。それでいいかもしれないけれど

満員のスタジアムにてわれは思ふ三万といふ自殺者の数

支援物資のなかに棺のあることを読みてたちまち一駅過ぎつ　『ゆりかごのうた』二〇一四

心音を聞けば聞くほどあやふげな、いのちとならんものよ、いのちとなれ
おまへを揺らしながらおまへの歌を作るおまへにひとりだけの男親
寝かしつけてふすまを閉める　おまへひとり小舟にのせて流せるごとく
四歳をぐぐつと抱けば背骨あり　死にたくないな君が死ぬまで
クリアバンポン調べてのちの数日をクリアバンポンクリアバンポン
降《お》りますととなりの席にささやけり相対死《あひたいじに》を迫れるやうに
一橋《いつけう》の虹を撮りたりそののちも旧正月のやうにある虹

『ぶどうのことば』二〇一七

一首鑑賞

しばしばを背比べしに来しひとりもう来ずわれを抜きさりてのち

大松達知は中高一貫の男子校に勤務している。中一の男子はまだ小学生のようだが、高三ともなればすっかり大人の貫録を見せる。なんて変化の激しい六年間だろう。ある子が「先生、身長どのくらいですか。僕とそんなに変わらないですよね」と話しかけ、先生と背比べをする。背比べが目的なのではなく、本当は先生にかまってもらいたいのだ。少年の中には、どこか純粋な部分があり、憧れの大人には近寄ってみたくなるもの。好きになれる大人を見つけるということが、彼らの成長に欠かせない要素なのだ。だが、背比べ時代はすぐ終わる。背が伸びたあの子は、もう遊びに来てくれない。教員は、それを寂しく思ったりもするが、何事もなかったかのように教員の日々を続ける。（C）

大《おお》森《もり》静《しず》佳《か》

てのひらを燃やす
（角川書店）

一九八九年岡山県生まれ。二〇一〇年、「硝子の駒」五十首により第56回角川短歌賞を受賞。歌集に『てのひらを燃やす』がある（第58回現代歌人協会賞などを受賞）。「京大短歌」を経て現在は「塔」短歌会所属。京都市在住。

『てのひらを燃やす』二〇一三

冬の駅ひとりになれば耳の奥に硝子の駒を置く場所がある

部屋に雨匂うよ君のクリックに〈はやぶさ〉は何度も燃え尽きて

われの生まれる前のひかりが雪に差す七つの冬が君にはありき

塗り絵のように暮れてゆく冬　君でないひとの喉仏がうつくしい

君の死後、われの死後にも青々とねこじゃらし見ゆ　まだ揺れている

憎むにせよ秋では駄目だ　遠景の見てごらん木々があんなに燃えて

モノクロの写真に眼鏡の山は見ゆ死とは視界を置いてゆくこと

眼と心をひとすじつなぐ道があり夕鵙などもそこを通りぬ

これでいい　港に白い舟くずれ誰かがわたしになる秋の朝

生きている間しか逢えないなどと傘でもひらくように言わないでほしい

みずからの灯りを追って自転車は顔から闇へ吸われてゆけり

かろうじてそれはおまえのことばだが樹間を鳥の裸身が揚がる

生前という涼しき時間の奥にいてあなたの髪を乾かすあそび

どこか遠くでわたしを濡らしていた雨がこの世へ移りこの世を濡らす
平泳ぎするとき胸にひらく火の、それはあなたに届かせぬ火の
ああ斧のようにあなたを抱きたいよ　夕焼け、盲、ひかりを掻いて
あなたはわたしの墓なのだから　うつくしい釦をとめてよく眠ってね
老けてゆくわたしの頬を見てほしい夏の鳥影揺らぐさなかに
見たこともないのに思い出せそうなきみの泣き顔　躑躅の道に
冷蔵庫のひかりの洞《うろ》に手をいれて秋というなにも壊れない日々

歌集未収録

一首鑑賞

われの生まれる前のひかりが雪に差す七つの冬が君にはありき

君は七つも年上だ。年若い「われ」から見たら、七つ上の相手というと、ずいぶん立派な大人だ。どんなに親しくつきあおうとしても、世代差を感じることもあるだろう。相手に比べて、自分がひどく幼く思えることもあるかもしれない。だが、われはその七年の差を「ひかりが雪に差す七つの冬」ととらえる。曇りがちな冬の日々を、降り積もる雪を、また君の存在そのものを、「ひかり」でつつんでいるのだ。われの生まれる前のひかりは、われには知りようがない。だが、君とじっくりつきあっていくことで、そのひかりの名残を感じることができるかもしれない。この二人は、ひかりから生まれたような清らかな思いを寄せ合っている。（C）

岡井《おかい》 隆《たかし》

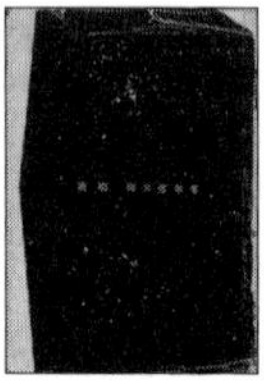

斉唱
（白玉書房）

一九二八年愛知県生まれ。慶應義塾大学医学部卒。医学博士。一九四六年「アララギ」に入会。一九五一年「未来」創刊に参画し編集発行人を務めた。近藤芳美に師事。五〇年代から塚本邦雄・寺山修司と共に所謂前衛短歌運動に加わる。歌集『斉唱』『暮れてゆくバッハ』『阿婆世』など多数。宮内庁和歌御用掛、NHK学園短歌講座監修者などを歴任。日本芸術院会員。二〇二〇年永眠。

冬の日の丘わたり棲む連雀《れんじやく》は慓悍の雄《おす》いまも率たりや

『斉唱』一九五六

ああわが耳狂い野路子《のじこ》の聲を聞く冬葱《わけぎ》のうねに踏み入る地鳴《じな》き

幻の一隊の柄長《えなが》庭ふかく三角鐘《さんかくしょう》を連打して去る

母の内に暗くひろがる原野《げんや》ありてそこ行くときのわれ鉛の兵

父よ　その胸郭ふかき處《ところ》にて梁《はり》からみ合うくらき家見ゆ

休講となりて来てみるこの草地銀色の蟻今日も草のぼれ

音ひとつ玉蟲掌《て》より立ちゆきぬ疎まれながら午後もあるべし

才能を疑いて去りし学なりき今日新しき心に聴く原子核論

ひつじ草音たてて花閉ざしたり少し考えを變え立ちあがる

眠られぬ母のためわが誦《よ》む童話母の寝入りし後王子死す

天に向き直立をするぼくの樹よお休みなさいな　夜が来てゐる

『暮れてゆくバッハ』二〇一五

ケータイの在りかをぼくので呼びあてる、弁証法の正と反だね

美しい花ばかりあるわけぢやない雑草《あらくさ》は風のなかの寂しさ

こんな虚偽が次々まかり通つても許せるのかといへば　許せる
こんな虚妄のドラマをお前はよく見るなあさう言ひながら見続けてゐる
かりがねも白鳥《スワン》もごつちやに水に在る此の列島に俺も棲んでる
ヨハン・セバスチャン・バッハの小川暮れゆきて水の響きの高まるころだ
てんてんとてんてんてんと川岸をころがりてゆく思考の兎
梅の花を見に行つてから二時間だ入り口つていつも昏いんだなあ
第七の孤獨のうちに棲みながら紅梅の花ふふみ初めたる

一首鑑賞

眠られぬ母のためわが誦《よ》む童話母の寝入りし後王子死す

いつのまにか、息子は母の生活をささえるようになった。一方、母には母の思いがあり、ただ息子に守ってもらいたいという訳ではない。ときどき「眠れない」と言うと、息子が本を読み聞かせてくれる。その声を聞いて、「この子は元気そうだな」「今日はあまり元気がないな。仕事で何かあったかな」と息子を気づかっているのだ。ある夜、息子の声を聞いて、安心したように母は眠りにおちる。息子は朗読の途中、ふと本から目を上げ、母が眠っているのに気づく。ここで本を閉じてもいいのだが、あと少しで童話が終わるので、小さな声で朗読を続ける。それは王子が死ぬという悲しい結末であった。息子は、母に悲しみを与えなくてよかったと思いながら、静かに本を閉じる。（C）

岡《おか》崎《ざき》裕《ゆ》美《み》子《こ》

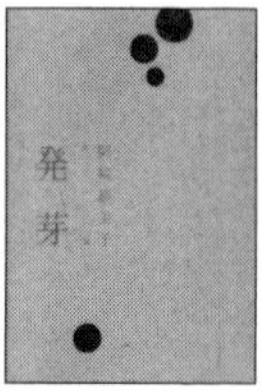
発芽
（ながらみ書房）

一九七六年生まれ。日本大学芸術学部文芸学科卒。一九九八年「NHK全国短歌大会」にて「若い世代賞」を受賞。一九九九年「未来短歌会」に入会、岡井隆氏に師事。二〇〇一年「未来年間賞」受賞。二〇〇五年第一歌集『発芽』（ながらみ書房）刊行。二〇一七年第二歌集『わたくしが樹木であれば』（青磁社）刊行。

小さな嘘が大きな嘘になってゆく　私を見ているあなたの瞳

羽根なんか生えてないのに吾を撫で「広げてごらん」とやさしげに言う

年下も外国人も知らないでこのまま朽ちてゆくのか、からだ

あたし猫　猫だよ抱いて地下鉄で迷子になっても振り返っちゃだめ

したあとの朝日はだるい　自転車に撤去予告の赤紙は揺れ

二時間で脱がされるのに着てしまうワンピースかな電車が青い

いずれ産む私のからだ今のうちいろんなかたちの針刺しておく

振り向けばみんな叶ってきたような　うす桃色に焼き上がる鮭

こじあけてみたらからっぽだったわれ　飛び散らないから轢いちゃえよ電車

体などくれてやるから君の持つ愛と名の付く全てをよこせ

豆腐屋が不安を売りに来たりけり殴られてまた好きだと思う

はい、あたし生まれ変わったら君になりたいくらいに君が好きです。

妹よ　西武デパートの屋上にドラえもんしかなかった夏よ

『発芽』二〇〇五

おしまいの電車に乗って会いに行く階段の吐瀉ひらりと越えて
汗染みの腋の下まで愛されて両生類のように自由だ
鳴らぬもの集めてまわる男いてそのトラックに我も乗りたし
いっせいに鳩が飛び立つシグナルの青　あの部屋にブラウスを取りに
なんとなくみだらな暮らしをしておりぬわれは単なる容れ物として
泣きそうなわたくしのためベッドではいつもあなたが海のまねする
Yの字の我の宇宙を見せている　立ったまますする快楽がある

一首鑑賞

はい、あたし生まれ変わったら君になりたいくらいに君が好きです。

君が「俺のこと好き?」と聞いたのだろう。あたしは「はい」とうなずく。ただシンプルに「はい」と言うだけではもの足りなくて、思いの深さを表すために「生まれ変わったら君になりたいくらいに君が好き」と言ってしまう。生まれ変わっても一緒になりたい、というのは平凡だ。それに比して、「君になりたい」というのは、危険なほど深い愛だ。君を愛し、君に寄り添い、強く抱きしめるうちに、君の内部に入り込んで、君と溶け合ってしまうかのようだ。そして、二人が一つになるのではなく、あたしが君になる。好きで好きで、どうしようもないくらい好きなら、「君になりたい」という思いに至るのだろう。最後に置かれた「。」が、思いを打ち明けた充足感を表している。　(C)

岡《おか》野《の》大《だい》嗣《じ》

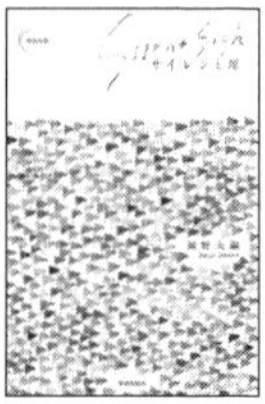

サイレンと犀
（書肆侃侃房）

一九八〇年大阪府生まれ。歌集『サイレンと犀』（二〇一四年、書肆侃侃房）。文学ムック『たべるのがおそい Vol.2』に連作「公共へはもう何度も行きましたね」を寄稿。二〇一七年、木下龍也との共著歌集『玄関の覗き穴から差してくる光のように生まれたはずだ』（ナナロク社）。

『サイレンと犀』二〇一四

This video has been deleted.　そのようにメダカの絶えた水槽を見る

地獄ではフードコートの呼び出しのブザーがずっと鳴ってるらしい

人のなりした環境依存文字たちをダイヤ通りに運ぶ地下鉄

ラッセンの絵の質感の夕焼けにイオンモールが同化してゆく

白というよりもホワイト的な身のイカの握りが廻っています

骨なしのチキンに骨が残っててそれを混入事象と呼ぶ日

生年と没年結ぶハイフンは短い誰のものも等しく

母と目が初めて合ったそのときの心でみんな死ねますように

生きるべき命がそこにあることを示して浮かぶ夜光腕章

#あと二時間後には世界消えるし走馬灯晒そうぜ

じいさんがゆっくり逃げるばあさんをゆっくりとゆっくりと追いかける

マーガレットとマーガレットに似た白い花をあるだけ全部ください

ひとりだけ光って見えるワイシャツの父を吐き出す夏の改札

ぎりぎりの夕陽がとどく二段階右折待ちする僕の胸まで
かなしみを遠くはなれて見つめたら意外といける光景だった
つよすぎる西日を浴びてポケットというポケットに鍵を探す手
そうだとは知らずに乗った地下鉄が外へ出てゆく瞬間がすき
河川敷が朝にまみれてその朝が電車の中の僕にまで来る
ともだちはみんな雑巾ぼくだけが父の肌着で窓を拭いてる
もういやだ死にたい　そしてほとぼりが冷めたあたりで生き返りたい

一首鑑賞

もういやだ死にたい　そしてほとぼりが冷めたあたりで生き返りたい

いたたまれない思いをしたのだろう。大恥をかいたとか、人間関係で失敗したとか。しかしここでの「死」の意味は軽く、だれもが「英語の試験むずかしすぎて死んだ」「○○先輩がかっこよくて死にそう」などと使う日常語にすぎない。ただ、軽いからといって本気でないとはかぎらない。ある日ふと本気を出してみずから死んでしまう人も一定数いる。「死にたい」は実のところ「生きたい」という叫びの裏返しだ。過去が消えれば生き直せるのにという人生リセット願望を、この歌の後半はユーモラスに言い当てる。虫のよい、軽い呟きに見えながらも案外、「死にたい」と思ったことがあるすべての人への優しい慰めにもなっているのではないだろうか。　（S）

荻原裕幸《おぎはらひろゆき》

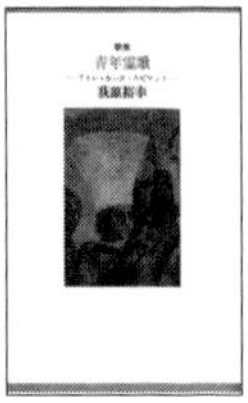

青年霊歌
（書肆季節社）

一九六二年愛知県生まれ。愛知県立大学卒。前衛短歌の影響で十代から短歌を書きはじめる。朝日新聞に寄稿した歌論の反響をきっかけにニューウェーブと呼ばれる。第30回短歌研究新人賞受賞。名古屋市芸術賞奨励賞受賞。歌集『青年霊歌』『あるまじろん』他。合同歌集『新星十人』。共編著『岩波現代短歌辞典』。同人誌「短歌ホリック」発行人。

まだ何もしてゐないのに時代といふ牙が優しくわれ噛み殺す

『青年霊歌』一九八八

どこの子か知らぬ少女を肩に乗せ雪のはじめのひとひらを待つ

夏木立ひかりちらしてかがやける青葉の中にわが青葉あり

ネロのごとわれは見おろす誕生日卓のケーキの上の大火事

わが指と恋人の指ゆきかへるかたつむり見るだけの夕暮

『甘藍派宣言』一九九〇

たはむれに美香と名づけし街路樹はガス工事ゆゑ殺されてゐた

桃よりも梨の歯ざはり愛するを時代は桃にちかき歯ざはり

（ケチャップ＋漱石）それもゆふぐれの風景として愛してしまふ

恋人と棲むよろこびもかなしみもぽぽぽぽぽぽとしか思はれず

『あるまじろん』一九九二

ビジネスマンの疲労とわれの倦怠とαの麒麟を詰めて電車は

戦争が（どの戦争が？）終つたら紫陽花を見にゆくつもりです

春の日はぶたぶたこぶたわれは今ぶたぶたこぶた睡るしかない

宥されてけふも翡翠に生きてゐる気がする何が宥してゐるのか

『世紀末くん！』一九九四

天王星に買つた避暑地のあさがほに夏が来たのを報せておかう

永遠よりも少しみじかい旅だから猫よりも少しおもいかばんを

十二色のいろえんぴつしかないぼくに五十五色のゆふぐれが来る

三越のライオンに手を触れるひとりふたりさんにん、何の力だ

ぼくはいま、以下につらなる鮮明な述語なくしてたつ夜の虹

見えてゐる世界はつねに連弾のひとりを欠いたピアノと思へ

歌、卵、ル、虹、凩、好きな字を拾ひ書きして世界が欠ける

『永遠青天症』二〇〇一

一首鑑賞

ネロのごとわれは見おろす誕生日卓のケーキの上の大火事

古代ローマの暴君として知られるネロ。ヘンリク・シェンキェヴィチの小説『クオ・ヴァディス』では、ローマの大火は、ネロが命じて火をつけさせたものだと書かれている。青年が誕生日を迎える。ケーキに立てるロウソクの数が増えると、火と火が集まって、思いがけず大きな炎になることがある。炎はすぐに消され、人々はこの出来事を笑い飛ばす。今日の主役である青年も、表面がやや焦げてしまったケーキを見下ろし、笑顔のままである。青年はわかっている。歳をとるということは、こうしたアクシデントが増えていくこと。いろいろなことがあっても笑顔で乗りきっていくこと。未来への期待と不安、あえかな恐れとユーモア。人生の新たなページを開くとき。（C）

奥村晃作《おくむらこうさく》

三齢幼虫
（白玉書房）

一九三六年長野県生まれ。「コスモス」会員。歌集は『三齢幼虫』『鴉色の足』『ビビッと動く』『八十の夏』など十六冊。評論・研究書は『賀茂真淵』『戦争の歌―渡辺直己と宮柊二』『抒情とただごと』『ただごと歌の系譜』など八冊。〈ただごと歌〉を〈心の短歌〉を唱導する。東武カルチャー・よみうり柏／横浜／京葉・吉祥寺産経・市川教室などで教える。趣味は囲碁とクラシックギター。

くろがねに光れる胸の厚くして鏡の中のわれを憎めり

『三齢幼虫』一九七九

ラッシュアワー終りし駅のホームにて黄なる丸薬踏まれずにある

次々に走り過ぎ行く自動車の運転する人みな前を向く

もし豚をかくの如くに詰め込みて電車走らば非難起こるべし

『鬱と空』一九八三

中年のハゲの男が立ち上がり大太鼓打つ体力で打つ

ヤクルトのプラスチックの容器ゆゑ水にまじらず海面《うなも》をゆくか

船虫の無数の足が一斉に動きて船虫のからだを運ぶ

少年が引き連れて冬の夜の空の星を見に行く家族四人で

犬はいつもはつらつとしてよろこびにからだふるはす凄き生きもの

『鴉色の足』一九八八

イヌネコと蔑《なみ》して言ふがイヌネコは一切無所有の生《せい》を完《まつた》うす

不思議なり千の音符のただ一つ弾きちがへてもへんな音がす

ボールペンはミツビシがよくミツビシのボールペン買ひに文具店に行く

撮影の少女は胸をきつく締め布から乳の一部はみ出る

さんざんに踏まれて平たき吸殻が路上に在りてわれも踏みたり
一回のオシッコに甕《かめ》一杯の水流す水洗便所恐ろし
犬ワンワン猫ニャーゴニャーゴと聴くとして人間の声は何と聴くべしや
結局は傘は傘にて傘以上の傘はいまだに発明されず
運転手一人の判断でバスはいま追越車線に入りて行くなり
転倒の瞬間ダメかと思ったが打つべき箇所を打って立ち上がる
どこまでが空かと思い　結局は　地上スレスレまで空である

『ピシリと決まる』二〇〇一
『キケンの水位』二〇〇三

一首鑑賞

不思議なり千の音符のただ一つ弾きちがへてもへんな音がす

ピアノで二つの音を同時に鳴らしてみる。適当に鳴らした二音は、わりときれいなハーモニーになることが多い。汚い響きになるのは、隣りあう二音を同時に鳴らした場合だ。ドとレを同時に鳴らすと、地獄の入り口が見える。合奏中、ドを鳴らすべき時に、ついレを鳴らしてしまった。他の人たちが、きれいな和音になるようにと、ド、ミ、ソを鳴らしているところに、場違いなレが紛れ込む。一音のせいで、天国の調べが、地獄への行進曲になってしまう。レを鳴らした本人は慌てて、レを止め、ドを弾き直す。たった一音の違い、しかもすぐ隣の音を鳴らしただけなのに。ちょっとした違いが、とんでもない事態を引き起こすのだ。音楽だけの話ではないような気がする。（C）

小《お》野《の》茂《しげ》樹《き》

羊雲離散
（白玉書房）

一九三六年東京生まれ。「早稲田短歌会」を経て「地中海」会員。角川書店、河出書房新社で編集者として活躍。歌集『羊雲離散』により第13回現代歌人協会賞を受賞。一九七〇年、交通事故により永眠。没後にまとめられた歌集に『黄金記憶』などがある。

『羊雲離散』一九六八

朝霧に日のかたち見ゆあたたかき眼をおもひつつ家出づるとき
ひつじ雲それぞれが照りと陰をもち西よりわれの胸に連なる
安らぎし呼吸に充ちて夜空まるし灯の上にまた灯を積みし街
五線紙にのりさうだなと聞いてゐる遠い電話に弾むきみの声
感動を暗算し終へて風が吹くぼくを出てきみにきみを出てぼくに
きみの身をやさしくめぐる血を思ふ夕闇の木に目をしぼりつつ
蔽はれしピアノのかたち運ばれてゆけり銀杏のみどり擦りつつ
強ひて抱けばわが背を撲ちて弾みたる拳をもてり燃え来る美し
逢はぬ夜を充たすひびきと聞きゆくは雨の音乾く手に傘を持ち
くぐり戸は夜の封蠟をひらくごとし先立ちてきみの入りゆくとき
鏡面に光あつめて化粧落とす妻は涙のごときをも拭ふ
あの夏の数かぎりなきそしてまたたつた一つの表情をせよ
かかる深き空より来たる冬日ざし得がたきひとよかちえし今も

グランドの遠景ながら少年と少女の肌のひかり異る
見えはじめすき透りはじめ少年は疑ひもなく死にはじめたり
草ひばり草に鳴く夜をかりそめか知らずま闇の睡りに入らむ
凹凸は見えざるところにひしめきて坂の道やや風冷えそめぬ
精霊のごとく一瞬くだりくる雪のなかなる白き風の脚
くさむらへ草の影射す日のひかりとほからず死はすべてとならむ
眠らむとしておもひをり閉さるるとびらのいくつこの日過ぎきし

『黄金記憶』一九七一

一首鑑賞

あの夏の数かぎりなきそしてまたたつた一つの表情をせよ

君と過ごした夏。何でもないことで笑い合ったり、一緒に街のあかりを眺めたり、帰り道で語り合ったり。いろいろな君を見てきた。君は僕に飾らない気持ちを見せてくれた。ちょっと子どもっぽくて、笑ったかと思うと、急に泣き出したりもする。そんな君をだんだん好きになっていった。だから夏が終わって普段の生活に戻っても、君のそばにいたい。君は、あの夏に見せてくれたたくさんの愛らしい笑顔につながる、僕だけにしか向けないあのとっておきの表情を、ときどき見せてくれ。この歌では、夏にあった出来事も、二人の関係性も、何一つとして明確にしていない。それでも、読者一人ひとりに鮮烈な恋をイメージさせる。愛誦される恋の歌である。（C）

香川《かがわ》ヒサ

飛行士の足形つけてかがやける月へはろばろ尾花をささぐ

角砂糖ガラスの壜に詰めゆくにいかに詰めても隙間が残る

『テクネー』一九九〇

人あまた乗り合ふ夕べのエレヴェーター枡目の中の鬱の字ほどに

その存在そのものがすでに悪なれば抹殺せねばならぬ✕✕✕✕

小石ひとつ転がつてゐない広場にて大石いくつも据ゑられてをり

『マテシス』一九九二

ひとひらの雲が塔からはなれゆき世界がばらば　らになり始む

一冊の未だ書かれざる本のためかくもあまたの書物はあめり

『ファブリカ』一九九六

尖塔の建てられてよりこの街の空は果てなき広さとなりぬ

中庭に薔薇を育てて来し光ゆるやかに薔薇の枝を曲げたり

『パン』一九九九

洪水のはじまりとして一粒の雨が誰かをすでに打つたか

朝光の差し入る部屋にあらはるるみな光より遅れて在るもの

『モウド』二〇〇三

「ダーウィンの生家」に立ちぬ進化論なければなかつた「ダーウィンの生家」

三億年前よりあつた岩山も尾根行く人も風景である

『パースペクティヴ』二〇〇七

テクネー
（角川書店）

一九四七年神奈川県生まれ。第34回角川短歌賞、第3回河野愛子賞、第12回若山牧水賞受賞。歌集に『テクネー』『マテシス』『ファブリカ』『パン』『モウド』『パースペクティヴ』『The Blue』『ヤマト・アライバル』、評論集に『アナリシスーI』。同人誌「鱧と水仙」発行人。二〇〇九年より毎年アイルランドで短歌と俳句と詩の朗読会開催。

西空の雲間ゆ差せる入りつ日に照らしだされるものの西側
できごとを満載したる朝刊はきつちりたためばきれいに片付く
風景画の始まりに空描くため一滴の黄は落とされにけむ
日盛りの丘の上より下り来てどこか遠くから帰つたやうだ
闇が濃くなりゆくばかり眠らむとする者は部屋を暗くするから
火を見つつ思ふ思想は感覚の影なれば暗く虚しも
星座持つ人ら集へりひさかたの星の友情信じてみよう

『The Blue』二〇一二
『ヤマト・アライバル』二〇一五

一首鑑賞

尖塔の建てられてよりこの街の空は果てなき広さとなりぬ

尖塔というからには、ヨーロッパの古い教会建築などだろう。ふつうの民家ではない。はるか昔、富を蓄えるようになった人々のあいだにはしだいに貧富の差が生じ、権力者が人民を治める〝社会〟が形成されていった。権威を示すための尖塔は、社会の産物である。社会は秩序を要し、ものごとを区切る。区切られたときから人は、区切りのない状態へ思いを馳せるようになった。ここでは尖塔との対比により、空が無限に広いという認識が生まれたことがうたわれている。空間についてのみならず、時間の無限性について考えた人もいただろう。ありふれた観光写真のような風景のうちに人類の文明史や精神史をも語る、スケールの大きい一首だ。（S）

春日井《かすがい》 建《けん》

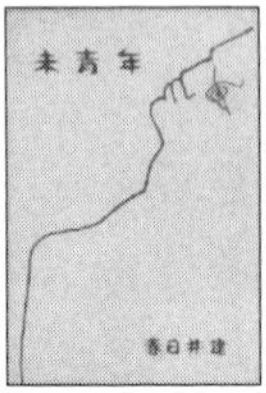

未青年
（作品社）

一九三八年愛知県生まれ。中部短歌会「短歌」編集発行人。三島由紀夫に絶賛された第一歌集『未青年』以降、テレビやラジオ、演劇に活躍の場を広げる。歌集『白雨』『友の書』により日本歌人クラブ賞、迢空賞を受賞。二〇〇四年、歌集『朝の水』刊行後、中咽頭癌のため永眠。

大空の斬首ののちの静もりか没《お》ちし日輪がのこすむらさき
童貞のするどき指に房もげば葡萄のみどりしたたるばかり
火祭りの輪を抜けきたる青年は霊を吐きしか死顔をもてり

『未青年』一九六〇

潮あかり顫へてとどく岩に寝て燕の誇りをわが誇りとす

『行け帰ることなく』一九七〇

青海原に浮寝をすれど危ふからず燕とわれとかたみに若し
水脈《みを》ひきて走る白帆や今のいまわが肉体を陽がすべりゐる

『夢の法則』一九七四

わが歓喜告ぐべきひとと帆を繰《く》りし日は暮れ初めつ青潮のうへ
青嵐過ぎたり誰も知るなけむひとりの維新といふもあるべく

『青葦』一九八四

青葦のそよぐを擁《だ》かな少年の世捨人たりし日につづく今
一瞬を捨つれば生涯を捨つること易からむ風に鳴る夜の河
わが前の視野のかぎりの水の蔵ことばを収めただ鎮もれり

『水の蔵』二〇〇〇

一羽翔てばつづきて翔てる鷺の空しぐれながらに光をふふむ
友に神ありわれに神なきあけくれに石榴はひらく朱の古代花

『友の書』一九九九

母の耳には届かずわれも告げざれど風が鳴らせる草の竪琴
鴨のゐる春の水際へ風にさへつまづく母をともなひて行く
またの日といふはあらずもきさらぎは塩ふるほどの光を撒きて
扁桃《アーモンド》ふくらむのどかさしあたり衿巻をして春雪を浴ぶ
こころの悲《ひ》からだの患《かん》と分かちがたく今朝も白粥の椀を食《た》べぬ
スキンヘッドに泣き笑ひする母が見ゆ笑へ常若《とこわか》の子の遊びゆゑ
早朝ののみどをくだる春の水つめたし今日も健やかにあれ

『白雨』一九九九
『井泉』二〇〇二
『朝の水』二〇〇四

一首鑑賞

母の耳には届かずわれも告げざれど風が鳴らせる草の竪琴

歌人は母と静かに暮らしている。風が強く吹いた日、揺れる草木がざわざわと音をたてる。「お母さん、風の音がするよ」とわざわざ声をかけはしない。母は一日中居眠りしたり、ぼんやりしたりして、自分らしく老いを楽しんでいるのだから。それでも外では草が鳴っている。まるで次の季節の到来を告げる音楽のように。「草の竪琴」というと、トルーマン・カポーティの『THE GRASS HARP』を連想する。孤独で多感な少年コリンは、遠縁のおばさんたちに引き取られる。田舎町で過ごすうちに自らの弱さに気づき、大人になっていく。五十代を終えようとしている歌人のなかに、静かな生活を詩的に昇華させる少年の感受性が生きている。（C）

加藤治郎《かとうじろう》

ほそき腕闇に沈んでゆっくりと「月光」の譜面を引きあげてくる
荷車に春のたまねぎ弾みつつ　アメリカを見たいって感じの目だね
だしぬけにぼくが抱いても雨が降りはじめたときの顔をしている
鋭い声にすこし驚く　きみが上になるとき風にもまれゆく楡
もうゆりの花びんをもとにもどしてるあんな表情を見せたくせに
ぼくたちは勝手に育ったさ　制服にセメントの粉すりつけながら
ひとしきりノルウェーの樹の香りあれベッドに足を垂れて　ぼくたち
マガジンをまるめて歩くいい日だぜ　ときおりぽんと股《もも》で鳴らして
カーテンのすこしふくらむときのまを凍ったピアノにあさの陽はさす
ブリティッシュ・ブレッド・アンド・ベジタブル　あなたにちょっとてつだってもらって

『サニー・サイド・アップ』一九八七

ぼくはただ口語のかおる部屋で待つ遅れて喩からあがってくるまで
たぶんゆめのレプリカだから水滴のいっぱいついた刺草《いらくさ》を抱く
フロアまで桃のかおりが浸しゆく世界は小さな病室だろう

『マイ・ロマンサー』一九九一

サニー・サイド・アップ
（雁書館）

一九五九年愛知県生まれ。一九八三年「未来」に入会、岡井隆に師事。「スモール・トーク」で第29回短歌研究新人賞。『サニー・サイド・アップ』で第32回現代歌人協会賞。『昏睡のパラダイス』で第4回寺山修司短歌賞。『しんきろう』で第3回中日短歌大賞。未来短歌会選者。毎日歌壇選者。新鋭短歌シリーズ監修。

言葉ではない！！！！！！！！！！！！！！！！！ ラン！
１００１二人のふ１０る００１０い恐怖をかた１０１１００り０
にぎやかに釜飯の鶏ゑゑゑゑゑゑゑゑゑひどい戦争だった
ぼくたちの詩にふさわしい嘔吐あれ指でおさえる闇のみつばち
だからもしどこにもどれば　こんなにも氷をとおりぬけた月光
ゆうぐれはあなたの息が水に彫るちいさな耳がたちまちきえる
外苑の雪に埋《う》もれた猫の目のうすあおければまた歩きだす

『ハレアカラ』一九九四

一首鑑賞

ひとしきりノルウェーの樹の香りあれベッドに足を垂れて　ぼくたち

ベッドを椅子がわりにして恋人と二人で足をぶらぶらさせている、その座り方に若さと、それゆえの無垢がにじむ。北欧の針葉樹林の香りは、清新な青春の香りでもある。「ぼく」という軽やかな人称によく似合う。一九八〇年代後半の、口語による新しい短歌が台頭してきた時期に作られた歌だが、ビートルズの楽曲「ノルウェーの森」及び村上春樹の小説『ノルウェイの森』のイメージが重ねられているのだろう。背後に別の青春の物語が加味され、恋人と二人きりの閉じた空間の中にいる場面の繊細さが共有できる。所在なげに垂れた足のしずかな揺れには、これから先の二人の長い時間が醸し出され、そこにある期待感や不安感をしずかに伝えている。

（H）

加《か》藤《とう》千《ち》恵《え》

ハッピーアイスクリーム
（マーブルトロン）

一九八三年北海道生まれ。第一歌集に『ハッピーアイスクリーム』（現在は『ハッピー☆アイスクリーム』に改題）。短歌以外にも、小説、詩、ラジオ出演など、幅広く活動している。小説に『ハニー ビター ハニー』、『その桃は、桃の味しかしない』、『ラジオラジオラジオ！』等。趣味は旅行と人狼。

3人で傘もささずに歩いてる　いつかばらけることを知ってる

『ハッピーアイスクリーム』二〇〇一

いつだって見えないものに覆われて知らないものに守られている

そんなわけないけどあたし自分だけはずっと16だと思ってた

自転車の高さからしかわからないそんな景色が確かにあって

傷ついたほうが偉いと思ってる人はあっちへ行ってください

幸せにならなきゃだめだ　誰一人残すことなく省くことなく

あなたへの手紙を書いて引き出しにしまってそのまま忘れるつもり

『たぶん絶対』二〇〇二

「わけもなく悲しくなる」の項目に丸をつけてる性格テスト

わたしたちは甘やかされて育てられてろくな傷つき方も知らない

ロッテリアのトイレでキスをするなんてたぶん絶対最初で最後

恋なのかどうかはわからないけれど一緒に見たい景色ならある

『写真短歌部　放課後』二〇〇八

ドリブルとシューズが床をこする音だけを味方にジャンプするから

バラバラにやってきたからバラバラに戻ってくだけなのに寂しい

この場所が海だったように教室は確かにわたしたちのものだった

さわってはいけないものをこっそりとさわる子どものときからの癖

傷つけたのか傷ついたのかわからない　どちらでも同じような気もして

わかりあうことはできない　同じものを見たり食べたり聞いたりしても

好きなことを好きなだけする生活に一番好きなあなたがいない

女子たちが幸せでありますように（男子の分は男子が祈る）

どこかまで歩きつづける　今までにつないだ点を思い返して

『真夜中の果物《フルーツ》』二〇一一

歌集未収録

一首鑑賞

ドリブルとシューズが床をこする音だけを味方にジャンプするから

バスケットボールの試合は、選手も観客も熱くなる。ベンチから指示がとび、応援席からも叫び声があがる。バスケットシューズがキュキュッと床を擦る音。ダムダムと響くドリブル音。そしてシュートの瞬間、体育館は急に静かになる。敵味方が入り乱れていなければ、選手はその場でジャンプしながらシュートを打つ。高みをめざしてジャンプするとき、人は孤独だ。ここは自分自身が頑張るしかない場面だから。練習でやってきたことを信じ、苦しみながら身につけてきた感覚を頼りに、とにかく奮闘しなければならない選手の心情を、飾らないことばで詠んだ一首。体育館独特の、闇を濃くしたような匂いや、選手たちの汗のきらめきも感じられる。（C）

川野里子《かわのさとこ》

五月の王
（雁書館）

一九五九年大分県生まれ。歌集に『五月の王』、『青鯨の日』、『太陽の壺』（第13回河野愛子賞）、『王者の道』（第15回若山牧水賞）、『硝子の島』。評論集に『幻想の重量―葛原妙子の戦後短歌』（第6回葛原妙子賞）、『七十年の孤独―戦後短歌からの問い』など。文学の側から照らした日本の文化史、精神史に興味があり、「空間の短歌史」を連載。空き家歌会や朗読会なども開催中。

『五月の王』一九九一

あめんぼの足つんつんと蹴る光ふるさと捨てたかちちはは捨てたか

遊ぶ子の群かけぬけてわれに来るこの偶然のやうな一人を抱けり

鬼くるみ月山の夜を太り来てことりと置けばよき顔をせり

おもむろにまぼろしをはらふ融雪の蔵王よさみしき五月の王よ

ものおもふひとひらの湖《うみ》をたたへたる蔵王は千年なにもせぬなり

『青鯨の日』一九九七

越境し越境し心光りたる七星天道虫《ななほしてんたう》草の穂を翔《た》つ

沖をゆく青鯨《せいげい》よりもなほ遠く日本はありて常にしうごく

哀しみと愛《かな》しみはひとつ遠く夜の古木ま白き桜花を噴きぬ

『太陽の壺』二〇〇二

樋口一葉またの名を夏まつすぐに草矢飛ぶごと金借りにゆく

ざらざらとざらざらと雨は降りてをりからだの内部に外部にやがて暗部に

独り家《や》に独り餅つく母はゐてわつしよいわつしよいこの世が白し

『王者の道』二〇一〇

さびしいか右足出してさびしいか左足出して　蟇は歩めり

ここで死にたいここでと言ふ母の不思議な力家にくひ込む

ひとり、一枚。天涯孤独の軽さもてふと羽衣を着るまでの生
一人育てしわたしに向きて椿咲き何人殺めてきたかと問ひぬ
あなにやしえをとこ・　女の澄む声は禁じられたり国の初めに
遠巻きに命は常に見つめられ死にゆく人のやうなる巨大花
ゆふぐれに思へばオセロの白い石、原子力発電所島国かこむ
延命措置「しない」に丸をつけてをり寒雲ひとつわが上《へ》に浮かべ
わが裡のしづかなる津波てんでんこおかあさんごめん、手を離します

『硝子の島』二〇一七

一首鑑賞

遊ぶ子の群かけぬけてわれに来るこの偶然のやうな一人を抱けり

幼い子どもたちが群れて遊んでいる様子を少し離れて見守っていた。戯れている子どもたちを一塊《ひとかたまり》とし見ていたため、ふいに自分のもとに駆け寄ってきた自分の子どもに思わずはっとした。子どもが産まれた瞬間から、「母と子」という社会的役割が生じる。疑いの余地がないものとして位置づけられるが、違和感を覚える瞬間もあるだろう。世界でたった一人の、今目の前にいる子どもと、たった一人の母として自分が向き合うということに「偶然」という言葉を与える客観性。それは、母親の愛が絶対的なものであるとする母性神話に現実的な一石を投じることでもあるだろう。強力な結びつきのようで、意識一つで崩壊することのある家族。その原点を見つめ直した歌とも言える。（H）

河野裕子《かわのゆうこ》

森のやうに獣のやうに
（青磁社）

一九四六年熊本県生まれ。「コスモス」を経て「塔」選者。夫は永田和宏、長男は永田淳、長女は永田紅。角川短歌賞、現代歌人協会賞、短歌研究賞、若山牧水賞、紫式部文学賞、迢空賞など受賞多数。第一歌集『森のやうに獣のやうに』以後、遺歌集『蟬声』まで十五歌集。歌集だけでなく、エッセイ集などの著書も多い。宮中歌会始選者。二〇一〇年、乳癌により永眠。

逆立ちしておまへがおれを眺めてた　たつた一度きりのあの夏のこと
『森のやうに獣のやうに』一九七二

たとへば君　ガサッと落葉すくふやうに私をさらつて行つてはくれぬか

夕闇の桜花の記憶と重なりてはじめて聴きし日の君が血のおと

しんきらりと鬼は見たりし菜の花の間《あはひ》に蒼きにんげんの耳
『ひるがほ』一九七六

たつぷりと真水を抱きてしづもれる昏き器を近江と言へり
『桜森』一九八〇

君を打ち子を打ち灼けるごとき掌よざんざんばらんと髪とき眠る

書くことは消すことなれば体力のありさうな大きな消しゴム選ぶ
『体力』一九九七

捨てばちになりてしまへず　眸《め》のしづかな耳のよい木がわが庭にあり
『歩く』二〇〇一

豆ごはんつぶりつぶりと食うてをり一粒ひとつぶ緑《あを》いなり　豆

お嬢さんの金魚よねと水槽のうへから言へりええと言つて泳ぐ

何といふ顔してわれを見るものか私はここよ吊り橋ぢやない
『日付のある歌』二〇〇二

むかしとは麦藁のやうな時のこと暗がりの中にやはらかく匂ふ
『母系』二〇〇八

あをぞらがぞろぞろ身体に入り来てそら見ろ家中《いへぢゆう》あをぞらだらけ

病むまへの身体が欲しい　雨あがりの土の匂ひしてゐた女のからだ

死ぬことが大きな仕事と言ひゐし母自分の死の中にひとり死にゆく

わたししかあなたを包めぬかなしさがわたしを守りてくれぬ四十年かけて　『葦舟』二〇〇九

陽に透きて今年も咲ける立葵《たちあふひ》わたしはわたしを憶《おぼ》えておかむ

のちの日々をながく生きてほしさびしさがさびしさを消しくるるまで　『蟬声』二〇一一

さみしくてあたたかかりきこの世にて会ひ得しことを幸せと思ふ

手をのべてあなたとあなたに触れたきに息が足りないこの世の息が

＊永田紅選

一首鑑賞

夕闇の桜花の記憶と重なりてはじめて聴きし日の君が血のおと

君が私を抱きしめてくれた。春の夕暮れは風が冷たい。身を預けると、君の体は熱を帯びている。青年らしいその熱さがいとおしい。耳を君の胸に寄せると、君の鼓動が聴こえる。強く確かに今を生きている恋人の体。今まで恋は、想像のなかにあった。君と出会って、君の人となりを知り、気持ちを伝え合う。それは小説や映画で描かれたのと同じ手順の恋だった。だが、今、君の血のめぐる音を聴いて、この恋は真実になった。強い思いで人と人とが結ばれるということ。二人が今を生きて、身を寄せ合っていること。私の耳も熱くなる。夕闇が桜を包み、二人を包む。私はこの季節がくるたびに、きっと、今このときを思い出すだろう。（C）

北《きた》川《がわ》草《そう》子《こ》

きみのいない朝のしづけさ　まなうらに人魚の失くした尾がひるがえる
いつかはねって淋しくわらうニッキだけ底にのこったドロップの缶
川のない橋をふたつと歩道橋ひとつへだててきみは眠る
背に草の切れはしをつけ日なたから帰ってくるわたしのイザナギ
真イワシの手びらきスプラッタ・ショーのあと急にあどけなくなる会話
シチュー鍋に背中を向けた瞬間に白い巻き毛の天使がこぼれる
ジャガイモの芽を丁寧にとりながらまだ沈黙に慣れない背中
君の指がきれいにみえたあの頃は笑っていれば日が暮れたのに
つつじには功労賞をあげようと二人で決めたはるかなる午後
おきまりのなんとかなるよがききたくて豆が煮えるまでのペシミスト
目薬の成分表をよみあげる声ゆるやかに春の消灯
お茶の水博士の柄のネクタイのラッピング待つあいだのら、ら、ら
ありふれた愛のことばがグリセリン・ソープの泡をうつくしくする

『シチュー鍋の天使』二〇〇一

シチュー鍋の天使
（沖積舎）

一九七〇年岐阜県生まれ。二〇〇〇年、病没。早稲田大学在学中に早稲田短歌会、一九九四年～九九年に「かばん」所属。一九九四年、第9回短歌現代新人賞佳作。没後、第一歌集『シチュー鍋の天使』（沖積舎）刊行。その他の著書に、ファンタジー集『天使のジョン』（白泉社）がある。イラストレーションも手がける。

寒暖計きれいに生きてきた人の背骨のように水銀が立つ
また山に行かうねそして寒天のやうなお池で船に乗らうね
夜の鳥　かわいたばかりのくつ下を蒸しパンみたいに袋につめる
めづらしい蝶をみたよとそれだけをつたえるために彼はきたのだ
ベスト・オブ・賢者の贈り物としてタイムマシンを父に捧げる
ひんやりとした掃除機の内側でわたしの星がしずかに燃える
洗いすぎてちぢんだ青いカーディガン着たままつめたい星になるの

一首鑑賞

つつじには功労賞をあげようと二人で決めたはるかなる午後

北川さんの短歌には、楽しさとはかなさが同居している。ピンクや純白、または赤い花を咲かせるつつじは、初夏の明るい日差しを浴びて、はっとするほど鮮やかである。道行く人が思わず足を止め、励まされるような気持ちになることもあるだろう。だから「功労賞をあげよう」と決めた。そんなおもしろくてすてきな提言を共有できる「二人」がなんだかうらやましいが、「はるかなる午後」という結句によって、遠い過去の、幻のような時間へ突如推移する。特別な価値観を共有できた幸せな時間に花開いているつつじの華やかさが、それを回想する遠い時間の切なさを深くする。三十歳で夭折した歌人の一首一首に、永遠に曇ることのない透明なまなざしが閉じ込められている。（H）

木下龍也《きのしたたつや》

つむじ風、ここにあります
（書肆侃侃房）

一九八八年山口県生まれ。書肆侃侃房より第一歌集『つむじ風、ここにあります』と第二歌集『きみを嫌いな奴はクズだよ』を上梓。平日の午前中、人がほとんどいない映画館でほとんど注目されていないホラー映画を観るのが好き。

神様は君を選んで殺さない君を選んで生かしもしない

『つむじ風、ここにあります』二〇一三

自販機のひかりまみれのカゲロウが喉の渇きを癒せずにいる

飛び上がり自殺をきっとするだろう人に翼を与えたならば

B型の不足を叫ぶ青年が血のいれものとして僕を見る

カードキー忘れて水を買いに出て僕は世界に閉じ込められる

ハンカチを落としましたよああこれは僕が鬼だということですか

日だまりのベンチで僕らさくら散る軌道を予測していましたね

空を買うついでに海も買いました水平線は手に入らない

雑踏の中でゆっくりしゃがみこみほどけた蝶を生き返らせる

鮭の死を米で包んでまたさらに海苔で包んだあれが食べたい

火葬場の煙が午後に溶けてゆく麻痺することが強くなること

『きみを嫌いな奴はクズだよ』二〇一六

ゆうぐれの森に溺れる無数の木　つよく愛したほうがくるしむ

うつくしい名前をもらいそれ以外なにももらえず死ぬ子どもたち

独白もきっと会話になるだろう世界の声をすべて拾えば
車椅子の女の靴の純白をエレベーターが開くまで見る
自転車に乗れない春はもう来ない乗らない春を重ねるだけだ
ついてきてほしかったのに夢の門はひとり通ると崩れてしまう
なかゆびに君の匂いが残ってるような気がする雨の三叉路
茶畑の案山子の首は奪われて月の光のなかの十字架
立てるかい　君が背負っているものを君ごと背負うこともできるよ

一首鑑賞

カードキー忘れて水を買いに出て僕は世界に閉じ込められる

たとえば知らない街のビジネスホテルに泊まるとする。部屋に荷物を入れ、カードキーを持って廊下へ出る。自分につながるすべてのものが、ついさっきまで無関係だったこんな薄いカードに置き換えられてしまうのだ。部屋に戻るため、ドアの挿入口にカードキーを差し込む。ロックが正しく解除されると、このキーが本当に自分の味方になってくれた気がする。だが、そのキーを部屋の中に置いたまま、うっかり外へ出てしまった。ドアはオートロック。もう中には入れない。今、僕が持っているのは冷えたミネラルウォーターと財布だけ。部屋は狭く、僕がいる側の世界はこんなに広いのに、僕は確かに閉じ込められている。管理システムによって、人はこんなにも揺らぐのだ。（C）

紀《き》野《の》 恵《めぐみ》

さやと戦げる玉の緒の
（第一出版）

一九六五年徳島県生まれ。高校生の頃より短歌を作り始め、一九八二年に角川短歌賞次席、一九八三年に短歌研究新人賞次席となる。デビュー時より「新古典派」と称され、第一歌集『さやと戦げる玉の緒の』から近年の『歌物語　土左日記殺人事件』『白猫倶楽部』まで歌集多数。「七曜」「未来」所属。

晩冬の東海道は薄明りして海に添ひをらむ　かへらな
『さやと戦げる玉の緒の』一九八四

いつまでもかうして夜の風の中に棲まむ　亡命詩人の帽子

ふらんす野武蔵野つは野紫野あしたのゆめのゆふぐれのあめ

悲歌うたふ人の咽《のみと》の動きして流るる河を見てをりけふも

棄つるにはなほ惜しみぬる志野焼のすこし欠けたる薄紅の世や
『閑閑集』一九八六

わたくしはどちらも好きよミカエルの右の翼と左の翼
『フムフムランドの四季』一九八七

白き花の地にふりそそぐかはたれやほの明るくて努力は嫌ひ

上海は銀の音《おん》かな響かせてはるになつたら落ちあふ手筈
『水晶宮綺譚』一九八九

わたくしが港にならうたゆたひてしんと腐らす港にならう

カフカ読みながらとほくへ行くやうな惚れあつてゐるやうな冬汽車
『奇妙な手紙を書く人への箴言集』一九九一

〈あなたより遺産を選ぶ〉手紙書く女にわづか似てゐる夏は
『架空荘園』一九九五

千ガロン紅茶つひやし夏にあふ幾つもの午後幾つもの午後

ポケットに煙草を探す路地裏に点すときわづか掌《て》のうちは聖
『La Vacanza』一九九九

檸檬《リモーネ》を吾が月の如てのひらに孵す追憶のみかは生《あ》るる
昔偲ふゆふすげくさのひとすぢの途切れさうなる時間とふ糸
『午後の音楽』二〇〇四

折り畳み式のベッドはほそくあをく縞模様してそれが西洋
我慢づよき明治男の銅像が（まぼろしなれど）川沿ひに立つ
円かなる白のかたまりひとつねむる地球の芯に吸ひ付けられて
夕ぐれは美文読みたきかをりくるリンデンバウム森林太郎
Coca Cola の緑の瓶が整然と運び去られて秋は来にけり
『白猫倶楽部』二〇一七

一首鑑賞

夕ぐれは美文読みたきかをりくるリンデンバウム森林太郎

演奏用語でいうところのブレス（息継ぎ）を入れず、ひといきに読める感じが快い一首である。〟美文読みたし〟と終止形にすれば意味ははっきり切れるが、あえて連体形にすることで、「美文」から「リンデンバウム」の香が漂いだすような連続性が生まれている。花や葉がハーブティーに用いられる樹木リンデンの名は、「或る日の夕暮なりしが、余は獣苑を漫歩して、ウンテル、デン、リンデンを過ぎ、……」とベルリンの大通りの名を語る森鷗外の小説『舞姫』への連想を呼ぶ。ものの形があいまいになる夕ぐれには、実用に供しない、ただ音楽のように連綿とつづく文章が慕わしい。筆名の鷗外ではない、若い日の林太郎氏が、そのとき傍に立つような気がする。（S）

葛原妙子《くずはらたえこ》

一九〇七年東京生まれ。一九八五年没。一九三九年「潮音」入会、太田水穂・四賀光子に師事。一九四九年「女人短歌」創刊に参加、一九八一年「をがたま」創刊、主宰。歌集は『橙黄』から『をがたま』まで九冊（『薔薇窓』は『葛原妙子歌集』に編入後、単独出版）。『朱靈』他で第5回迢空賞受賞。他に随筆集『孤宴《ひとりうたげ》』がある。

早春のレモンに深くナイフ立つるをとめよ素晴らしき人生を得よ　『橙黄』一九五〇

奔馬ひとつ冬のかすみの奥に消ゆわれのみが纍々と子をもてりけり

きりきりと糸巻くごとくのぼりつめ暮れざる海のみゆる燈臺　『縄文』未刊（『葛原妙子歌集』一九七四年所収）

長き髪ひきずるごとく貨車ゆきぬ渡橋をくぐりなほもゆくべし　『飛行《ひぎやう》』一九五四

うはしろみさくら咲きをり曇る日のさくらに銀の在處《ありか》おもほゆ　『薔薇窓』一九七八

寺院シャルトルの薔薇窓をみて死にたきはこころ虔しきためにはあらず

愛されず　人を愛さず　夕凍みの硝子に未踏の遠雪野みゆ

風媒のたまものとしてマリヤは蛹のごとき嬰兒を抱《いだ》きぬ　『原牛』一九五九

少年は少年とねむるうす青き水仙の葉のごとくならびて

築城はあなさびし　もえ上る焔のかたちをえらびぬ

口中に一粒の葡萄を潰したりすなはちわが目ふと暗きかも　『葡萄木立』一九六三

いまわれはうつくしきところをよぎるべし星の斑《ふ》のある鰈を下げて

晩夏光おとろへし夕　酢は立てり一本の壜の中にて

洗ふ手はしばしばもそこにあらはれたり眩しき冬の蛇口のもと

疾風はうたごゑを攫ふきれぎれに　さんた、ま、りぁ、りぁ、りぁ

『朱靈』一九七〇

晝しづかケーキの上の粉ざたう見えざるほどに吹かれつつをり

ゴキブリは天にもをりと思へる夜　神よつめたき手を貸したまへ

めぐすりを差したるのちの瞑目に破船のしづくしたたりにけり

『鷹の井戸』一九七七

しづかなる大和の寺を覗きみぬ聖娼婦百濟觀音の足

ハム薄く切りつつぞをりちひさなる豚の瞼のごときも切りたり

『をがたま』未刊（森岡貞香編『葛原妙子全歌集』一九八七年所収）

一首鑑賞

いまわれはうつくしきところをよぎるべし星の斑《ふ》のある鰈を下げて

「よぎるべし」、つまり、通り過ぎているに違いないという。いま自分が通りつつある「うつくしきところ」とは、どんなところだろうか。鰈《かれい》（の入った籠か袋）を提げているから、夕食のための買い物に出たのだろう。商店街や家への帰り道といった日常的な風景が美しく見える、未知の一瞬である。ここで鰈に「星の斑」があることに注目しよう。暮れゆく空に光る一番星が連想され、空を渡っているような気分にもなる。どんな時代の人も夕星を見れば、帰るべき家、あるいはもはや帰れない家のことを思ったのではないだろうか。この歌から、たとえば古代に漁に出た男性が鰈を手に海から上がってくるような、原始的な情景を思い描いてもよいのである。（S）

栗《くり》木《き》京《きょう》子《こ》

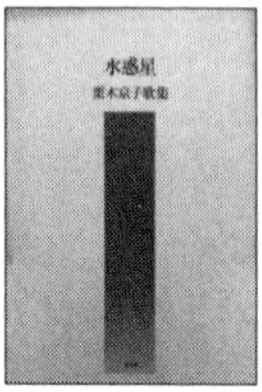

水惑星
（雁書館）

一九五四年愛知県生まれ。「塔」短歌会選者。読売新聞や西日本新聞などの歌壇選者。歌集に『夏のうしろ』（第55回読売文学賞・第8回若山牧水賞）、『けむり水晶』（迢空賞）、『水仙の章』（第25回斎藤茂吉短歌文学賞・第12回前川佐美雄賞）など。歌書に『うたあわせの悦び』『現代女性秀歌』『短歌をつくろう』など。趣味はフラダンス。

夜道ゆく君と手と手が触れ合ふたび我は清くも醜くもなる

観覧車回れよ回れ想ひ出は君には一日《ひとひ》我には一生《ひとよ》

春浅き大堰《おほゐ》の水に漕ぎ出だし三人称にて未来を語る

退屈をかくも素直に愛しゐし日々は還らず　さよなら京都

鶏卵を割りて五月の陽のもとへ死をひとつづつ流し出したり

『水惑星』一九八四

天敵をもたぬ妻たち昼下りの茶房に語る舌かわくまで

せつなしとミスター・スリム喫《す》ふ真昼夫は働き子は学びをり

白あぢさゐ雨にほのかに明るみて時間《とき》の流れの小さき淵見ゆ

『中庭《パティオ》』一九九〇

春寒や旧姓繊《ほそ》く書かれゐる通帳出で来つ残高すこし

大ばさみの男《を》の刃と女《め》の刃すれちがひしろたへの紙いまし断たれつ

七月の夜に思ひ出づミシン漕ぐ母の足白く水漕ぐごときを

青時雨《あをしぐれ》ふる夕ぐれにコンロの火細めむとしてふと未来見ゆ

十月の跳び箱すがし走り来て少年少女ぱつと脚ひらく

『綺羅』一九九四

普段着で人を殺すなバスジャックせし少年のひらひらのシャツ
風景に横縞あはく引かれゐるごときすずしさ　秋がもう来る
舟遊びのやうな恋こそしてみたし向き合ひて漕ぎどこにも着かず
カップ麺の蓋押さへつつ思ひをりこの部屋に火と水のあること
ひざまづく東電社長を腹這ひのカメラマンが撮る午後の避難所
放射能の落とし方説く料理本並びて午後の丸善しづか
風に咲く石蕗《つはぶき》見ればわがうちにひよこのやうな黄の色ともる

『夏のうしろ』二〇〇三

『水仙の章』二〇一三

一首鑑賞

退屈をかくも素直に愛しゐし日々は還らず　さよなら京都

ふるさとの愛知県から京都の大学へ進み、学生時代を過ごしたその街を、卒業によって今去ろうとしている。つまり、青春時代の、まだなにもしなくてもいい時間がたっぷりあった頃を、退屈を愛していた日々であると定義づけているのだ。「退屈」というと、ネガティブな意味で使われることが多いと思うが、この歌で描かれる「退屈」は、その人の生涯にとって大切な、かけがえのない時間なのである。こんなふうに言葉の意味合いや感触を変えてしまう力が、短歌にはある。過ぎ去ってしまったなだらかな時間を惜しみつつ、これからは「退屈」ではない、忙しい日々が待っているだろうという覚悟も感じられる。「さよなら」は、自分自身に気合いを入れる言葉でもあるのだ。（H）

黒瀬珂瀾《くろせからん》

黒耀宮
（ながらみ書房）

一九七七年大阪府生まれ。春日井建に師事。「白い鳥」「中部短歌会」同人を経て現在、「未来短歌会」選者。他に[sai]、「鱧と水仙」に参加。歌集に『黒耀宮』（第11回ながらみ書房出版賞）、『空庭』、『蓮喰ひ人の日記』（第14回前川佐美雄賞）。著書に『街角の歌』、他共著等多数。富山県の浄土真宗本願寺派藤白山願念寺住職。

『黒耀宮』二〇〇二

The world is mine とひくく呟けばはるけき空は迫りぬ吾に
鶸《ひは》のごと青年が銜《くは》へし茱萸《ぐみ》を舌にて奪ふさらに奪はむ
僕たちは月より細く光りつつ死ぬ、と誰かが呟く真昼
愛しあふ者は裸身の悲しみに銃声のなか映画は畢《をは》る
違ふ世にあらば覇王となるはずの彼と僕とが観覧車にゐる

『空庭』二〇〇九

厳かに雨が都庁を隠すとき「私は遍在する」といふ声
カーテンを裸の君が開けはなつ朝のフロアに楼蘭がある
抱き合ひて気付くわが身の冷たさを愛《かな》しみにつつ冬は終るも
日本はアニメ、ゲームとパソコンと、あとの少しが巣鴨プリズン
一斉に都庁のガラス砕け散れ、つまりその、あれだ、天使の羽根が舞ふイメージで

『蓮喰ひ人の日記』二〇一五

ダブリンの曇天よりぞ降りきて聖句のごとし白きカモメは
鱈つつむ衣の厚きゆふぐれを hibakusha といふ響きするどし
サハリンと北緯等しき朝を鳴くユリカモメ　父になるぞよいのか

妻と嬰児は夏のひかりを分けあひて真白き部屋に尿《pee》の香は顕つ
小さき指さまよひて小さき口腔にまだ着かぬなんと小さき旅だ
冬田を削る男らの影とほく見てわが被曝けふ10 μSv《マイクロシーベルト》
長き会議に倦みたる妻は帰り来て桃色の保育所日誌をひらく
飛鯊《とびはぜ》は夕陽へ逃げて朽網川《くさみがは》しづかなりわれは母になれぬを
妻と児を待つ交差点　孕みえぬ男たること申し訳なし
やまぼふし朱に実れるを引きちぎり八月尽の喪の家に入る

歌集未収録

一首鑑賞

一斉に都庁のガラス砕け散れ、つまりその、あれだ、天使の羽根が舞ふイメージで

都庁（舎）の窓ガラスが砕け散るとは、テロあるいはクーデター等による爆破だろうか。ありうることとはいえ、実際には近未来SF映画やアニメーションなどの中でこそ見慣れている風景だ。フィクションであることを裏付けるように、「つまりその、あれだ、」という人声が字余りをなして挿入される。「あれ」という無意味な指示語は、制作現場の臨場感とともに、続く発言がその場の思いつきであることをも伝える。ガラスの破片が降りそそげば死傷者が出るであろうところを、天使の羽根が舞うというイメージで覆ってしまう、そんな美こそが視聴者の見たいものなのだという、人々――作者自身も含む――の欲望に対する明晰で皮肉な視線がある。（S）

小池純代《こいけすみよ》

雅族
（六法出版社）

一九五五年静岡県生まれ。歌集『雅族』『苔桃の酒』『梅園』。

南より吹きくる風の太ければ馬の首こそ抱《だ》くここちすれ
手のなかに鳩をつつみてはなちやるたのしさ春夜《しゆんや》投函にゆく
紙巻煙草《シガレエテ》のけむりのつぎにわが好むしづかでくらい香《かをり》の紅茶
さやうなら煙のやうに日のやうに眠りにおちるやうに消えるよ
みづうみのみづをみにゆく空いろをそのままうつすみづをみにゆく

『雅族』一九九一

ためいきは金平糖《こんぺいたう》のひいふうみすこし棘《とげ》ある心のこぼれ
まがなしき祈りをつつみ諸《もろ》の手は胸の眞央《まなか》に蕾《つぼ》みをりけり
ひとところひとつ人影《ひとかげ》密《ひそ》やかに夏の光の琥珀《こはく》のなかに
宵やみの風澄むところ楊柳《やうりう》の夜着《よぎ》を被《かづ》ける男ありたり

『苔桃の酒』一九九四

木は森《もり》に人は巷《ちまた》に死は夜《よる》に匿《かく》しおくべし戀は小唄に
さきゆきは小笹《をざさ》の雪のほのあかり さな消えそ さな その小雪《ささゆき》や
たれもかれも幻を視るまぼろしぞ　眩《まぶ》し　まぼろしなればほろびず
梅を見て梅をわすれてもう一度梅を見るまでわすれてをりぬ

『梅園』二〇〇二

かけがへのなき一日がかけかへるもののなきままかがやきてゐつ

ほろんだら思ひだしてねさう言つてふたたびみたびほろぶまほろば

かまくらの昔みたいなしあはせがほしいの　でなきやほしくはないの

ゆめのやうに過ぎてゆきますあくまでもゆめのやうにでゆめぢやないです

もし海をおほきな墓といふのならこの島国はちひさなひつぎ

はるの雨こさめはやさめ夜のあめさめてしまつたゆめを生きをり

なきひとはひかりをとほしゐたりけりこのわたくしはひかりをかへす

歌集未収録

一首鑑賞

手のなかに鳩をつつみてはなちやるたのしさ春夜《しゅんや》投函にゆく

マジシャンが、帽子の中から白い鳩をとり出して放つ。それがマジックの定番だと知っていても、人の身体のそばから生き物が勢いよく飛び立っていく様子に、とてもわくわくする。そのことと、春の夜に投函する手紙を結びつけた比喩の鮮やかさに胸がすく。春の夜という場面設定も必然的。あたたかくなり、かつ新しいことが始まりそうな春の空気が満ちている夜。普通、夜はポストに手紙を集めには来ないので、次の日の朝に出してもおそらく届く時間は同じ頃になるだろう。しかし、夜のうちに書き上げた手紙を、夜のうちに出したいのだ。うれしい手紙を出しにいくための夜の散歩ほど心浮き立つものはない。ひらがなと漢字のバランスも絶妙で、見た目も楽しい一首である。（H）

小池《こいけ》 光《ひかる》

バルサの翼
（沖積舎）

一九四七年宮城県生まれ。歌集『バルサの翼』（第23回現代歌人協会賞）、『草の庭』（第1回寺山修司短歌賞）、『時のめぐりに』（第39回迢空賞）、『滴滴集』（第16回斎藤茂吉短歌文学賞）、『思川の岸辺』（第67回読売文学賞）など。エッセイ集に『うたの動物記』（第60回日本エッセイスト・クラブ賞）など。読売新聞ほか歌壇選者。角川短歌賞ほか選考委員。仙台文学館館長。

雪に傘、あはれむやみにあかるくて生きて負ふ苦をわれはうたがふ
『バルサの翼』一九七八

いちまいのガーゼのごとき風たちてつつまれやすし傷待つ胸は

死ぬまへに孔雀を食はむと言ひ出でし大雪の夜の父を怖るる
『廃駅』一九八二

廃駅をくさあぢさゐの花占めてただ歳月はまぶしかりけり

こずゑまで電飾されて街路樹あり人のいとなみは木を眠らせぬ
『日々の思い出』一九八八

「さねさし」の欠け一音のふかさゆゑ相模はあをき海原のくに

そこに出てゐるごはんをたべよといふこゑすゆふべの闇のふかき奥より
『草の庭』一九九五

日本語をあやつるときの天皇をつねはらはらとわれらおもへりき

ひとたばの芍薬が網だなにあり　下なる人をふかくねむらす
『静物』二〇〇〇

ボルツマン定数kはいのちありさなぎだに風、宇宙をわたる

かゆいとこありまひぇんか、といひながら猫の頭を撫でてをりたり
『時のめぐりに』二〇〇四

川端《かはばた》康成のうすきみわろき目をおもふ落ち葉が天に舞ひあがるとき

肛門をさいごに嘗めて目を閉づる猫の生活をわれは愛する
『滴滴集』二〇〇四

姫沙羅はことしも白く花咲けり見上ぐるときに遠流のこころ

猫じやらしにつよく反応せし頃のきみをおもへり十年が過ぐ

『山鳩集』二〇一〇

さらさらと鉛筆はしる音みちてひとはいふとも学校清し

トロツキー『ロシア革命史』が燦然と角川文庫にありたるむかし

夏雲のよるべなき下に抗癌剤点滴三時間の妻を待つなり

『思川の岸辺』二〇一五

正座して鏡のまへに居りしきみ声をかければふりむくものを

妻運《つまうん》のうすきを嘆き足元に寄り来たる猫を抱き上げにけり

一首鑑賞

雪に傘、あはれむやみにあかるくて生きて負ふ苦をわれはうたがふ

大人は生活の妨げになる雪を嫌うが、子どもは雪を楽しもうとする。そして若者は雪を愛する。雪が降ってあたりが真っ白になると、青年たちは白く輝く景色を眺め、華やいだ気分になる。薄曇りの空から雪が降り続いている昼間、傘をさして歩くと、地面の雪がぼんやり光っているせいか、身のまわりがほのかに明るく感じられる。青年期は屈託ばかり。いろいろなことが理想とはかけ離れていると知り始める。でも、人生はこれからだ。自分はまだまだ大きくなれる。気がかりなことも、すべて良くなっていくだろう。傘に雪が溜まっていく。白い光が溜まっていく。わからないことだらけの未来を光で照らすように、傘を空へと高くかかげる。（C）

小島《こじま》なお

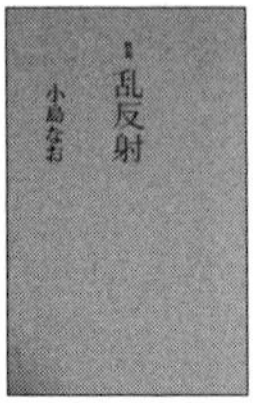

乱反射
（角川書店）

一九八六年東京都生まれ。コスモス短歌会所属。歌人である母・小島ゆかりの影響を受け、高校生のとき短歌を詠み始める。二〇〇四年、第50回角川短歌賞受賞。二〇〇七年、第一歌集『乱反射』（角川書店）刊行。本書により、第8回現代短歌新人賞、第10回駿河梅花文学賞を受賞。二〇一一年、第二歌集『サリンジャーは死んでしまった』（角川書店）刊行。

こころとは脳の内部にあるという倫理の先生の目の奥の空

『乱反射』二〇〇七

牛乳のあふれるような春の日に天に吸われる桜のおしべ

エタノールの化学式書く先生の白衣にとどく青葉のかげり

噴水に乱反射する光あり性愛をまだ知らないわたし

はるかなる遊牧民のはるかなる歴史を思う人は孤独なり

鏡には十八歳のわれがいてわれは自分の脚ばかり見る

ぼんたんを砂糖で漬ける祖母がいていつもうなずく祖父がいるなり

九階の窓からわれを見下ろして手をふる母は空に触れたり

椿の葉陽を照りかえし照りかえしあまりに遠し死ぬということ

なにもないこともないけどなにもない或る水彩画のような一日

声もたぬ樹ならばもっときみのこと想うだろうか葉を繁らせて

『サリンジャーは死んでしまった』二〇一一

宇宙にも公式のあり蜘蛛の子のうすみどりいろのサインペン買う

なつのからだあきのからだへ移りつつ雨やみしのちのアスファルト踏む

雨にも眼ありて深海にジャングルに降りし記憶のその眼ずぶ濡れ
きみとの恋終わりプールに泳ぎおり十メートル地点で悲しみがくる
メロンに刃刺し込むときに光あり遠い運河にいま橋かかる
祖父に会いに行くこと減りしわれのこと誰も咎めず春嵐くる
しんしんと陽炎のなかの昼の駅白犀のような夏をあなたに
雲見ればわがうちに雲生まれたりその雲がいまきみに会いにゆく
防砂林歩みつつ聞く南風どのように風は老いるのだろう

一首鑑賞

牛乳のあふれるような春の日に天に吸われる桜のおしべ

短歌という詩の形式は、どちらかというと切なさや悲しみ、憤りなど、ネガティブよりの感情をうたいあげるのに向いているところがあり、幸福な気分を優れた短歌作品として仕上げるのは、実はとても難しい。しかし、小島の作品の多くは、幸福感に満ちている。それでいて独自の叙情性があふれ、健やかで前向きな気分が自然に伝わってくる、希有な才能だと思う。この歌では、やさしく身体にしみ込んでいくような春の陽光を、あたためた牛乳が器をあふれるイメージと結びつけ、エネルギーがゆったりとめぐる充実した感覚が伝わる。ユニークな比喩によるおおらかな空気感の中から「桜のおしべ」という、極く小さな物へと視点を集約した繊細さが際立つ。（H）

小島《こじま》ゆかり

水陽炎
（石川書房）

一九五六年愛知県生まれ。早大文学部卒。在学中にコスモス短歌会入会。歌集『希望』で第5回若山牧水賞、歌集『憂春』で第40回迢空賞、歌集『純白光』で日本一行詩大賞、歌集『泥と青葉』で第26回斎藤茂吉短歌文学賞、歌集『馬上』で第67回芸術選奨文部科学大臣賞受賞など。歌集のほかに、歌書『高野公彦の歌』『和歌で楽しむ源氏物語』、入門書『今日よりは明日』など。

『水陽炎』一九八七
『月光公園』一九九二
『ヘブライ暦』一九九六
『獅子座流星群』一九九八
『希望』二〇〇〇
『エトピリカ』二〇〇二
『憂春』二〇〇五
『ごく自然なる愛』二〇〇七
『折からの雨』二〇〇八
『さくら』二〇一〇

まだ暗き暁まへをあさがほはしづかに紺の泉を展く
子供とは球体ならんストローを吸ふときしんと寄り目となりぬ
新しきインクをおろす風の朝　青桔梗あをききやうと声す
アメリカで聴くジョン・レノン海のごとし民族はさびしい船である
鐘りんごん林檎ぎんごん霜の夜は林檎のなかに鐘が鳴るなり
月ひと夜ふた夜満ちつつ厨房にむりッむりッとたまねぎ芽吹く
さうぢやない　心に叫び中年の体重をかけて子の頰打てり
なにゆゑに自販機となり夜の街に立つてゐるのか使徒十二人
らつきようの上に泪のつぶ落ちてらつきようは泣くわたしのごとし
風に飛ぶ帽子よここで待つことを伝へてよ杳《とほ》き少女のわれに
「死ぬときは一緒よ」と小さきこゑはして鍋に入りたり蜆一族
曇りよりまれに陽は差し白鳥とわたしとどちらかが夢の側
空缶と落葉ころがるくだり坂　空缶はふかく落ちつづけたり

父のなかの小さき父が一人づつ行方不明になる深い秋

車椅子の父は駱駝に乗るごとし一生《ひとよ》の時間砂漠のごとし

『純白光』二〇一二

もうそろそろ秋を測りにくるだらう腹に目盛のあるオニヤンマ

ああ犬は賢くあらず放射線防護服着る人に尾をふる

『泥と青葉』二〇一四

二人子を亡くした母がわたしならいりません絆とかいりません

馬上とはあきかぜを聴く高さなりパドックをゆるく行く馬と人

花見弁当ひらけばおもふ　ほほゑみに消てはるかなる〈戦争放棄〉

『馬上』二〇一六

一首鑑賞

子供とは球体ならんストローを吸ふときしんと寄り目となりぬ

何度も抱きしめ、ぬくもりを伝えて、子どもを守る。子どもが嬉しいときも、辛いときも、やはり抱きしめてやる。親がだいじに抱きしめて育てたせいか、子どもという存在は、全体的に丸みを帯びている。床をころころと転がっていきそうだ。その子どもがストローでジュースを飲む。勢いよく吸おうと、ストローを挟んだ唇のあたりを意識し、そこを見ようとしているせいか、つい寄り目になる。かわいらしいしぐさだ。子どもには球体が似合う。きらきらした瞳。すぼめた口もと。ふくよかなほっぺた。あたたかい頭。手も足も、球体を集めてできたように見える。球体だからこそ、力を入れると、くるんと寄り目になるのだろうか。いとしさは募るばかりだ。

（C）

五島《ごとう》 諭《さとし》

緑の祠
（書肆侃侃房）

一九八一年神奈川県生まれ。早稲田短歌会OB。「pool」同人。

『緑の祠』二〇一三

空までの距離に引きつる　縄梯子掴もうとして伸ばした手から

午後5時に5キロの米を買いに出てどこかにきみはいないだろうか

ミュージックビデオに広い草原が出てきてそこに行きたくなった

物干し竿長い長いと振りながら笑う　すべてはいっときの恋

こないだは祠があったはずなのにないやと座りこむ青葉闇

子供用自転車とてもかわいいね、子供用自転車はよいもの

エメラルドグリーンの春にターコイズブルーの夏が添寝している

怪物もきれいなほうがいいなあと夕陽に向かってかざす羽箒

釣り道具を使ってつくるストラップ　ピンクのルアー揺れてすげない

夢のやわらかい部分を潜りぬけ荒れた部分にひろう富籤

晴れたらばなにしようかな晴れたらばなにもかも太陽のほしいまま

買ったけど渡せなかった安産のお守りどこにしまおうかなあ

蝶や黄金虫の羽が好きだろう肥沃さがあなたのいいとこだろう

花火の音におどろいて猫が身構えるこの一夏を長いと思う
夕映えは夕映えとして　同世代相手に大勝ちのモノポリー
宵宮の赤い光と草むらの夏の緑のなかに逃げこむ
栗の花蹴散らしながら行く道のどこかにきみはいないだろうか
楠《くす》の木はこんなにでかくなるのかと、行き止まりかと仰ぐ曇天
若いうちの苦労は買ってでも、でしょう？　磯の匂いがしてくるでしょう？
名画座のラブロマンスに酔ったけど酔ったというと言いすぎかなあ

一首鑑賞

楠《くす》の木はこんなにでかくなるのかと、行き止まりかと仰ぐ曇天

クスノキはたしかに大木に育つ。常緑樹なのでいっせいに紅葉することはないが、新芽が出て古い葉が落ちるサイクルは比較的早く、つねに若々しい印象がある。樟の木とも書き、防虫剤などに用いられる樟脳の原料となる。そうした独特のさわやかさを持つ木に対して「こんなにでかくなるのか」というくだけた感慨を抱くのは、どこか同世代の幼なじみに対する態度のようである。苗木のころから知っていたのかもしれない。まるで立ちはだかられたかのように「行き止まりかと」と考えてしまうのは、身体がこれ以上「でかく」はならない自身の行く手の前にたたずむことでもある。曇天は、晴天でも雨天でもない。人生のこれまでと、これからも。（S）

小林久美子《こばやしくみこ》

ピラルク
（砂子屋書房）

一九六二年広島県生まれ。歌集『ピラルク』『恋愛譜』。

この街と話をしたいこの街と寝てこの街に溶けていきたい

『ピラルク』一九九八

大腿にてのひらはさんでまちわびるアニャンガバウの坂はつめたく

黒い豆をあなたは立って食べているすさまじい眼で夢を見ながら

年下の女性《ひと》の煙草に火をつける信号はすぐ青にかわった

おじさんとおじいさんと父さんと兄さんとぼうや教会へいく

大聖堂は午《ひる》をアルトでつげおえて乾季の雨《シューバ》になめられていく

手から手へ林檎がうつる地下鉄のすこし離れた恋人たちの

平原よ気弱な径がひとつつくだけでひき裂かれてゆくおまえ

『恋愛譜』二〇〇二

みずうみのあおいこおりをふみぬいた獣がしずむ角《つの》をほこって

こちらは雪になっているのを知らぬままひかりを放つ遠雷あなた

たいせつなひとにはぐれてきたような色をひろげて横たわる裸婦

ふたすじの並木はすっと点になる遠いところで落ちあうように

葉から葉へ引かれた蜘蛛の白い糸　はらうのをやめる二葉《ふたは》のために

丘に立つ木立のように遠く見るほどうつくしい等間隔は
なにを踏みなにを除《よ》けようとしたのだろう平原をゆるくカーブする轍《わだち》
とうめいな器と真水　くもらせることのできないものら触れあう
蜜を溜め終えた蜂のようにもうなにも求めないでいられるなら
その思いがうつくしいなら何もつけたす必要はないのだから
使いなれた皿を食事であたらしく知るように　ことばに会いたい
汝に照らされて見つける吾のうすあおい卵の殻のようなもの

歌集未収録

一首鑑賞

こちらは雪になっているのを知らぬままひかりを放つ遠雷あなた

どんなに好きで、何度一緒に過ごしても、あなたと私は別々だ。好きだという思いが強くなればなるほど、よけいに別々であることを意識する。こちらは雪が降っているのに、あなたはこちらの状況に全く気づかず、真夏の空にふさわしい雷となって光を放っている。こんなにも違う二人。心はすれ違うばかりだ。しかし、恋の妙味はここにある。私は、じつは遠雷にあこがれているかもしれない。自分とは全く違い、光を放つ存在だからこそ、ひたすらあなたに恋い焦がれる。私の世界には遠雷の光は全く似合わないのに。私には縁のないような肉体の躍動や衝動的な歓びを、あなたは知っているのかもしれない。遠くに感じる時があるからこそ、あこがれは募る。（C）

今野寿美《こんのすみ》

花絆
（大和書房）

一九五二年東京都生まれ。一九七九年に「午後の章」五十首により第25回角川短歌賞受賞。『世紀末の桃』（第13回現代短歌女流賞）、『龍笛』（第1回葛原妙子賞）ほか『さくらのゆゑ』まで十歌集、『24のキーワードで読む与謝野晶子』『わがふところにさくら来てちる—山川登美子と「明星」』などの著書がある。歌誌「りとむ」編集人。宮中歌会始選者。

『花絆《はなづな》』一九八一
『星刈り』一九八三
『世紀末の桃』一九八八
『若夏記』一九九三
『鳥彦』一九九五
『め・じ・か』二〇〇〇
『龍笛』二〇〇四

どうしてもつかめなかつた風中の白き羽毛のやうなひとこと

もろともに秋の滑車に汲みあぐるよきことばよきむかしの月夜《つくよ》

珊瑚樹のとびきり紅き秋なりきほんたうによいかと問はれてゐたり

みどりごはふと生《あ》れ出《い》でてあるときは置きどころなきゆゑ抱きゐたり

マルセイユまぶしきかなやランボーが片脚《かたあし》失ひたりしも五月

夏ゆけばいつさい棄てよ忘れよといきなり花になる曼珠沙華《まんじゆしやげ》

鳥の目はまどかなれどもものいはずくいくいと見て見ぬふりをする

おぼえてぬっ好きではぬっ時間がぬっ　ぬっ　ぬっ　ぬっと子は会話する

騎馬戦のわが子の一騎はまだ無事でひたすら逃げる逃げよと思ふ

あしひきの浅間いよいよ凍てながら是《さうだ》、是《さうだ》と立ちたり今日も

啄木はそして啄木居士となり四月よく降る　都の雨が

東海村臨界事故
とことはにウランは少女の名であればあな青白き光不意打ち

子供でも子どもでもなく風かよふこどもと書いて子のかたちなり

首のべてこを、こを、こを、とゆく群れのいづれにもありはじめの一羽
走り出す人の傾き　白鳥の水を離るるときの傾き
『かへり水』二〇〇九

きかん気の幼き顔が駈けてゆく一生大事なきかん気もある
つないでゐたはずの手と言ふ　かなしみは悔やむ心のかたちに残る
農村が雪占といふうつくしい心で呼吸してゐた日本
『雪占』二〇一二

あはくとも虹は虹なり虹と見る心の先を世界におろす
ペンギンも逃げたいフラミンゴも逃げたい十九世紀末まで逃げよ
『さくらのゆゑ』二〇一四

一首鑑賞

夏ゆけばいつさい棄てよ忘れよといきなり花になる曼珠沙華《まんじゆしやげ》

曼珠沙華の花は、独特である。葉を持たないまま太い茎がまっすぐに伸び、その先に花をつける。それも、細長い花びらよりも蕊の方がさらに長く伸びる、奇妙な形の花である。赤い色の曼珠沙華は、禍々しい印象さえある。これを擬人化し、命令形で語らせたこの歌には、説得力がある。独創的で強い花、曼珠沙華は、秋がはじまるサインであるとともに、夏という季節から断絶する役目も担っていたのだ。そう思うと、曼珠沙華の花が季節の守り人のようで、毅然として見えてくる。「棄」という漢字の選択には、物理的に何かを廃棄するということだけでなく、心にずっと抱えている未練や嫉妬心、切なさなど、わだかまっているものを捨てたいという願望が込められているのだろう。（H）

三枝昂之《さいぐさたかゆき》

やさしき志士達の世界へ
（反措定発行所）

一九四四年山梨県生まれ。早稲田大学卒。歌誌「りとむ」発行人。山梨県立文学館館長。日本歌人クラブ会長。宮中歌会始選者。日本経済新聞歌壇選者。歌集『農鳥』『それぞれの桜』他。歌書『前川佐美雄』、『啄木』『昭和短歌の精神史』他。現代歌人協会賞、芸術選奨文部科学大臣賞、斎藤茂吉短歌文学賞、角川財団学芸賞、神奈川文化賞、現代短歌大賞、紫綬褒章他。

ひとり識る春のさきぶれ鋼《はがね》よりあかるくさむく降る杉の雨
『水の覇権』一九七七

あかるさの雪ながれよりひとりとてなし終の敵・終なる味方
『地の燠』一九八〇

真に偉大であった者なく三月の花西行を忘れつつ咲く
『暦学』一九八三

男児《おのこ》わらいてわが膝の上にくずるれば獅子身中の花のごとしも
『塔と季節の物語』一九八六

風生れて麦も家族もそよぎたり季節みじかきものなびき合う
『太郎次郎の東歌』一九九三

森の時間棄てたる者の裔として家族は木の実灯の下に食む

ゆっくりと悲哀は湧きて身に満ちるいずれむかしの青空となる
『甲州百目』一九九七

掌のなかに宇宙はありと思うまで甲州百目肉透きとおる

甲斐が嶺の神代桜咲きなむか心で会いて春を逝かしむ

静かなる沖と思うに網打ちて海に光を生む男あり
『農鳥』二〇〇二

桃咲いて甲斐天領のほのあかり母の視界もゆるぶであろう

立ち直るために瓦礫を人は掘る　広島でも長崎でもニューヨークでも

一合の酒に心をあたためる日暮れはしばし漂泊をする
『天目』二〇〇五

風向きを測ってやがて歩み出す行きて泥みてまた歩み出す　『世界をのぞむ家』二〇〇八

ワインなら二人、日本酒なら一人いずれがよきかそれは決めない

こんなにも広き空ありて地平ありてこの世の誤解は解く術がない

しずかなる全力ありて咲き初むるまず紅梅の二輪三輪　『上弦下弦』二〇一〇

よく生きたる人はいつでもそばにいる酒を酌むとき目を閉じるとき

ゆずの大馬鹿十八年のゆずぞよしゆっくりゆっくり大馬鹿でよし

トーストに蜂蜜を塗る単純にまず食べそしてそれから生きる　『それぞれの桜』二〇一六

一首鑑賞

こんなにも広き空ありて地平ありてこの世の誤解は解く術がない

「広き空ありて（八音）地平ありて（六音）」と字余りでたっぷりうたわれる風景には世界と交信できそうな快さがあるが、それはどこまでも「この世」の内のことだ。私たちは、この世の人事と無縁ではいられない。怒りや苦しみに直面しても誰かと話し合うことができれば傷はいつか癒えるが、「誤解」は抜けない棘のようなものであり、なんらかの理由で当事者同士が心を閉ざしてしまったり、会えなくなったりしたら、生きているかぎり屈折を抱えてゆくことになる。民族や国家などの関係にも「誤解」は切実な影を落とし続ける。神のみぞ知る、というような諦観では解消できない。この歌は、神の関与しえない悲しみをも述べているようだ。（S）

斉藤斎藤《さいとうさいとう》

渡辺のわたし
（BookPark）

一九七二年東京都生まれ。「ちから、ちから」で第2回歌葉新人賞受賞。「短歌人」編集委員。歌集『渡辺のわたし』（BookPark）→『渡辺のわたし　新装版』（港の人）、『人の道、死ぬと町』（短歌研究社）。

雨の県道あるいてゆけばなんでしょうぶちまけられてこれはのり弁

『渡辺のわたし』二〇〇四

「お客さん」「いえ、渡辺です」「渡辺さん、お箸とスプーンおつけしますか」

ぼくはただあなたになりたいだけなのにふたりならんで映画を見てる

アメリカのイラク攻撃に賛成です。こころのじゅんびが今、できました

シースルーエレベーターを借り切って心ゆくまで土下座がしたい

こういうひとも長渕剛を聴くのかと勉強になるすごい音漏れ

『人の道、死ぬと町』二〇一六

映画観にゆく地下鉄は乗り入れて水道水のおいしい駅へ

船のなかでは手紙を書いて星に降りたら歩くしかないように歩いた

すべての菜の花がひらく　人は死ぬ　季節はめぐると考えられる

低いほうにすこしながれて凍ってる　わたしの本業は生きること

これわたしの家内の実家の船なんです　わたしの家内の、妻の実家の

「証言、わたし」（『人の道、死ぬと町』所収）

玄関です　ここに鍵があって開けるんです　階段があって8畳、5畳

前のめりのヘリコプターは水平に左ってことは北東へ向かう

あそこに相当遺体があるのではないかとわたしは思っています　瓦礫《ガサモク》

変わっていない　ただ水が引いただけです　　ご遺体のみなさんにあやまりました

三階を流されてゆく足首をつかみそこねてわたしを責める

情報提供はなかったです　うん、なかったです　どうなんですかねえ責任の所在が、

じいちゃん《ただいま》こ《波が》っちこ《押し寄せて》っち《おります》じいちゃん上がってこぅてば　くそっ、手も足も出ねえよこれじゃあ

撮ってたらそこまで来てあっという間で死ぬかと思ってほんとうに死ぬ

えー　なんとか無事ですが　器物損壊などの被害が、　津波が来るそうです

一首鑑賞

アメリカのイラク攻撃に賛成です。こころのじゅんびが今、できました

発言は通常、誰が発言したかにより受け取られ方が異なる。この歌の前半は、外交に関する意見の明言を求められた要人の言葉にも見える。だが一般人の発言だとしても、この口調は、もはや私語のうちにとどまりえない。後半のひらがな表記は、その人の内なる声だろうか。「こころのじゅんび」は日常でもおこなっているものだ。恋人に別れを切り出すとき。患者に深刻な病名を告げるとき。もっと軽い場面でも、言葉は口にしてしまえば取り消せないことに変わりはない。言葉に責任を持たねばならないのは、公人も私人も同じだという倫理観がうかがわれる。アメリカの政策や戦争について、他人事のように噂話をする日本人への皮肉もあるだろう。（S）

佐《さ》伯《えき》裕《ゆう》子《こ》

一面に花ひるがえりめぐりくる春を異性の息と思いぬ
この角を曲がれば海にひらきゆく記憶に張らんわれの帆船
まっすぐに歩まんと来てかすかなる狂いを感ず空へゆく坂
くびられし祖父よ菜の花は好きですか網戸を透きて没《い》り陽おわりぬ
くびらるる祖父がやさしく抱きくれしわが遙かなる巣鴨プリズン
黙シツツユケと手紙に遺されてわれらひと生《よ》の言語障害
身を震う月に木椅子も整いぬ声低くして物語せよ
青銅の天使の噴ける水まるくひらきぬ水の腐臭かすかに

『春の旋律』一九八五

あかがねの蒙古のラッパを吹きならしわれはアジアの男好めり
金色の匙にスフレのふるふると消えぬ西陽のつよきテラスに
陽のかぎり誰か揺りにしブランコをぬばたまの夜はわれが揺するも
早春の雲浮く玻璃をみがくなりいつもはたちの母と並びて
この道に立ちつくす樹よ汝よりも長くひそかに生きて来しかな

『未完の手紙』一九九一

春の旋律
（ながらみ書房）

一九四七年東京都生まれ。翌年、祖父が「東京裁判」によって処刑された。「未来」に入会し、近藤芳美に師事。歌集に『未完の手紙』（第2回河野愛子賞）『あした、また』『寂しい門』『みずうみ』『流れ』（第41回日本歌人クラブ賞）、エッセイ集に『齋藤史の歌』『影たちの棲む国』など。趣味は読書と映画鑑賞だが、眼が悪くなってきて困惑している。

万の声あげて吹きくる大陸の黄なる風とぞわれも染まらん

祖父《おおちち》の処刑のあした酔いしれて柘榴のごとく父はありたり

夏過ぎてこの世に財を残さざる父の素足のいよいよ白し

産みっぱなし産みっぱなしの胸飾り風にふくらむ秋のめんどり

夢みるは死ぬるにひとしやわらかに茘枝《れいし》の黴もふかみていたり

「母さん」と庭に呼ばれぬ青葉濃き頃はわたしも呼びたきものを

パラソルをかざしてゆくよ有史より死者は生者の数を凌《しの》ぐに

一首鑑賞

「母さん」と庭に呼ばれぬ青葉濃き頃はわたしも呼びたきものを

「東京裁判」の判決によって祖父が処刑されたという事実が、歌作をする上でも大きな影響をもたらしてきた作者。現実の生活や社会等、外界への視線には深い愛情が感じられる一方で、どこか自責の念や諦念が含まれていると感じることがある。どう生きるべきか、自分自身に厳しく問うてきたが、ふっと空虚になる一瞬もある。「母さん」と呼ばれるときは、何かをしてほしいと頼まれるとき。頼られるということは喜びではあるが、時には一人の人間として全面的に誰かに頼ってみたいと思うこともある。「青葉濃き頃」は、動植物も人間も、最も活気づく季節である。新しい命を見守りつつ、自分自身が青葉のような若さを持っていた頃への追憶の念も立ち上がる。

（H）

坂《さか》井《い》修《しゅう》一《いち》

ラビュリントスの日々
（砂子屋書房）

一九五八年愛媛県生まれ。「かりん」編集人。現代歌人協会理事。東大教授（情報学）。歌集『ラビュリントスの日々』（第31回現代歌人協会賞）、『ジャックの種子』（第5回寺山修司短歌賞）、『アメリカ』（第11回若山牧水賞）、『望楼の春』（第44回迢空賞）、『亀のピカソ』（第7回小野市詩歌文学賞）等。評論集『斎藤茂吉から塚本邦雄へ』（第5回日本歌人クラブ評論賞）等。

青乙女なぜなぜ青いぽうぽうと息ふきかけて春菊を食ふ
『ラビュリントスの日々』一九八六
籠に飼へぬ頼家螢と吾がことを呼びし母はや呼ばぬ父はや
水族館《アカリウム》にタカアシガニを見てゐしはいつか誰かの子を生む器《うつは》
目にせまる一山の雨直《すぐ》なれば父は王将を動かしはじむ
科学者も科学も人をほろぼさぬ十九世紀をわが嘲笑す
うちいでて鶺鴒あをし草深野一万人の博士散歩す
『群青層』一九九二
無人戦車無人地球の街を野をはたはたと哂《わら》ふごとくゆきかふ
WWW《ウェッブ》のかなたぐんぐん朝はきて無量大数の脳が脳呼ぶ
『スピリチュアル』一九九六
ニュートリノ地球貫通せよ　われに花も紅葉もふるさともなし
関八州悪党となり駆けめぐる　科学とはいはばさういふこころ
『ジャックの種子』一九九九
シリウス星系アルファ・ケンタウリ　うたびとはさむくちひさくはてしなきもの
人参のつぼみのなかのしろき花ほのぼのと子は黙しつづけぬ
『牧神』二〇〇二
かりがねは宇宙の大悲知るべしとホームレスいへりあらくさの中

大夕焼ばらんばらんと泣くからに奇人変人ほろぼしてはならず
『アメリカ』二〇〇六

入学式ヒューマノイドは乾杯すかすかに首をかしげたるのち

生まれ出でて蟻地獄かもかげろふの父と母こそせむすべなけれ
『望楼の春』二〇〇九

邯鄲の夢よりさめて吹く笛よビッグバンまでかへるここちす

おもひみよネットのかなたしんしんと一万人のスタヴローギン
『縄文の森、弥生の花』二〇一三

水槽の亀のピカソがその主《ぬし》の進歩史観をしづかに笑ふ

大利根の底へ引かるる釣り糸よ　死んでもいいが死ぬのはこはい
『亀のピカソ』二〇一四

一首鑑賞

科学者も科学も人をほろぼさぬ十九世紀をわが嘲笑す

科学史年表を眺める。先人たちの努力の末に、数々の発明や発見が成し遂げられ、文明は発達した。過去の出来事すべてが、今につながっている。それにしても科学の進化は年々スピードを上げ、その内容も大規模になっているようだ。十九世紀の発明や発見が、なんと牧歌的に思えることだろうか。二十世紀以降の科学的達成が、人々の思惑をはるかに超えて、なんと巨大化していることだろうか。坂井修一は情報理工学者として、最先端研究の場に身を置いている。現代に比べると、十九世紀の研究は、人類を滅ぼすような大規模なものではなかった。そのことを「嘲笑」しながら、歌人は、科学が今後も人類の幸福に寄り添い続けることを祈っているのだ。（C）

笹《ささ》井《い》宏《ひろ》之《ゆき》

ひとさらい
（書肆侃侃房）

一九八二年佐賀県生まれ。連作「数えてゆけば会えます」で第４回歌葉新人賞を受賞後、「未来」に入会。加藤治郎に師事。歌集『ひとさらい』。十年を超える療養生活の後、二〇〇九年、自宅にて永眠。没後にまとめられた歌集に『てんとろり』『八月のフルート奏者』などがある。

えーえんとくちからえーえんとくちから永遠解く力を下さい

風という名前をつけてあげました　それから彼を見ないのですが

雨ひかり雨ふることもふっていることも忘れてあなたはねむる

このケーキ、ベルリンの壁入ってる？（うんスポンジにすこし）にし？（うん）

拾ったら手紙のようで開いたらあなたのようでもう見れません

それは世界中のデッキチェアがたたまれてしまうほどのあかるさでした

影だって踏まれたからには痛かろう　しかし黙っている影として

くつとばし選手がぼくにブランコのさびさびの手でさしだした愛

（ひだりひだりひだり　数えきれないひだりたちの君にもっとも近いひだりです）

空と陸のつっかい棒を蹴飛ばしてあらゆるひとのこころをゆるす

思い出せるかぎりのことを思い出しただ一度だけ日傘をたたむ

少しずつ海を覚えてゆくゆうべ　私という積み荷がほどかれる

晩年のあなたに窓をとりつけて日が暮れるまで磨いていたい

『ひとさらい』二〇〇八

ひとたびのひかりのなかでわたくしはいたみをわけるステーキナイフ
風。そしてあなたがねむる数万の夜へわたしはシーツをかける
てのひらに縫いつけてある冬の日をあなたのほそいゆびがほどいた
本棚に戻されたなら本としてあらゆるゆびを待つのでしょうね
ふるえている膝と膝とがお互いに軽くぶつかるとき割れる海
『てんとろり』二〇一一

つきあかりを鞄にいれてしまいます　こんなにもこんなにもひとりで
八月のフルート奏者きらきらと独り真昼の野を歩みをり
『八月のフルート奏者』二〇一三

一首鑑賞

えーえんとくちからえーえんとくちから永遠解く力を下さい

初句は「えーえんと」だから、読者は二句目で「くちから」を「口から」の意味だと思う。だが、三句目が「とくちから」となり、句の切れ目に違和感をいだくと、四句目以降で「永遠解く力」のことだとわかる。小気味よく読者の読解を裏切る一首だ。だが、歌全体を見渡すと、「えーえん」と泣き叫びながら、永遠とは何なのかを知りたがって悩んでいる人の姿が見えてこないだろうか。声を発している誰かの口から、永遠というものの正体が明かされることを期待している状況は想像されないだろうか。この歌を朗読すると「えーえんとくちから」が三回繰り返され、そこに「を下さい」が差し挟まれて終わる。人のいだく強い願いが、「えーえんと」の繰り返しを止めている。（C）

笹《ささ》 公人《きみひと》

念力家族
（宝珍）

一九七五年東京都生まれ。「未来」選者。現代歌人協会理事。「牧水・短歌甲子園」審査委員。一九九九年「未来」に入会。岡井隆に師事。歌集『念力家族』（NHK Eテレにて連続ドラマ化）『念力図鑑』『抒情の奇妙な冒険』『念力ろまん』絵本『ヘンなあさ』『遊星ハグルマ装置』（朱川湊人との共著）『連句遊戯』（和田誠との共著）など多数。

憧れの山田先輩念写して微笑む春の妹無垢なり
校庭にわれの描きし地上絵を気づく者なく続く朝礼
「ドラえもんがどこかにいる！」と子供らのさざめく車内に大山のぶ代
マンモスの死体をよいしょ引きずった時代の記憶をくすぐる綱引き
少年時友とつくりし秘密基地ふと訪ぬれば友が住みおり
むかし野に帰した犬と再会す噛まれてもなお愛しいおまえ
シャンプーの髪をアトムにする弟　十万馬力で宿題は明日

『念力家族』二〇〇三

入学式のひかりに満ちた校庭の誰も時空を逃れられない
中央線に揺られる少女の精神外傷《トラウマ》をバターのように溶かせ夕焼け
修学旅行で眼鏡をはずした中村は美少女でした。それで、それだけ
獣らの監視厳しき夜の森で鏡をはこぶ僕たちの罰
君からのメールがなくていまこころ平安京の闇より暗し
浜辺には力道山の脱ぎ捨てしタイツのようなわかめ盛られて

『念力図鑑』二〇〇五

「ブラッシーの噛み付きを見て死んだの」と少女は前世を語りはじめる
まるまると太ったヤブ蚊飛んできてガダルカナルからきたと囁く
しのびよる闇に背を向けかき混ぜたメンコの極彩色こそ未来
幽体を剥がしてメールに添付する行きたいとこは聞いてやらない
何時まで放課後だろう　春の夜の水田《みずた》に揺れるジャスコの灯り

『抒情の奇妙な冒険』二〇〇八

いい女、されどメアドの akachan-minagoroshi@ に警戒してる西麻布の夜
かに道楽の看板の蟹に挟まれて死ぬのもいいね　滲む街の灯

『念力ろまん』二〇一五

一首鑑賞

修学旅行で眼鏡をはずした中村は美少女でした。それで、それだけ

観光名所めぐりもいいが、修学旅行の楽しみは旅館やホテルで過ごす夜だ。自分の部屋で騒いだり、夜中に他の部屋を訪問したり。少年は、風呂上がりの少女を見かける。いつも眼鏡をかけている真面目キャラの中村が、なんと今夜は眼鏡をはずしている！　眼鏡の奥の目が、ちょっときついような気がして、今まで話しかけられなかったけど、中村ってきれいな目をしてるんだな。それに、近くで見ると、こんなにかわいい子だったんだな。ドラマやマンガだったら、ここから二人の関係が始まるのだろうが、短歌では少年がこのあと何事もなく日常に戻ってしまうことをほのめかして終わる。それでも少年は、彼女が眼鏡をはずしていたあのひとときを忘れはしないだろう。（C）

笹原玉子《ささはらたまこ》

南風紀行
（書肆季節社）

一九四八年山形県生まれ。歌集に『南風紀行』『われらみな神話の住人』、詩集に『この焼跡の、ユメの県《あがた》』。好きなのは旅、古雅な都ならなおのこと。

とびきりの恋愛詩集一冊で世界史の学習は終つた
数式を誰より典雅に解く君が菫の花びらかぞへられない
色鉛筆が折れてばかりゐる春がくる　いつそあつまれやはらかきもの
孤児がうつくしいのは遺された骨組みから空が見えるからです
星形の入江をかこむ港町死ぬ方法はいくらでもある
雪が舞ふ　よこたはりゐる父の手に識れるかぎりの蝶の名を書く

『南風紀行』一九九一

ゆふぐれ、この静寂のために晩鐘てふ重石がいります
その踝《くるぶし》から濡れてゆけ　一行の詩歌のために現《うつ》し世はある
ここはくにざかひなので午下がりには影のないひとも通ります
空函《からばこ》にも天と地がありまんなかは木端《こっぱ》微塵《みじん》がよいかもしれぬ
霧の日に振ればはつかに鳴りはじむカランコロンとそんな空函
霧ふかき國に生《あ》るれば会ふときも別れのときもそつと手を挙ぐ
持つてゐますか？　前髪がみな風に切らるる額《ぬか》といふこの岸辺

『われらみな神話の住人』一九九七

このゆびは人さしゆびと名づけられ星座を指した、戦旗を指した
ふりむけば歴史はいつも図書室に綺麗にならぶ影絵のやうに
冬の書記ほそくてながき指をもち星の座標をしづかにめくる
貴方がぼくを生まなかつたこの町でうすきみどりの沓にはきかへ
その足のなめらかさなまめかしさを春とし呼ばむ　他の名はない
消息は消してしまつた息づかひ白秋が拾ひあげたる手首のやうな
方舟の行方を知つてゐるひとの髪のさはだち、眉宇の孤独よ

歌集未収録

一首鑑賞

ここはくにざかひなので午下がりには影のないひとも通ります

国境「なので」と、理由として語られると、それなら影のない人間が通ることもあるだろうと思ってしまう。太陽が高いのに影がないなら、それは生きた人間ではあるまい。そんな存在をすんなり受け入れられるのは、「なので」という語法の滑らかさによるとともに、破調でありながら「午下がりには」の部分が歌の腰を支えている文体の確かさにもよる。うたわれた対象だけでなく、うたい方そのものが魔法的である。むかしから分かれ道や村の内外の境などは魔物が出現しやすい場所とされ、人々は信仰にもとづく石碑や石像を祀って悪い霊の侵入を防ごうとした。しかしこの歌における「影のないひと」は、悪意も善意も持たない、はかない存在のように映る。

（S）

佐藤弓生《さとうゆみお》

世界が海におおわれるまで
（沖積舎）

一九六四年石川県生まれ。二〇〇一年「眼鏡屋は夕ぐれのため」で第47回角川短歌賞受賞。著書に歌集『薄い街』『モーヴ色のあめふる』などのほか、詩集『新集 月的現象』『アクリリックサマー』、掌編集『うたう百物語』、共著・共訳書に『現代詩殺人事件』『猫路地』『怪談短歌入門』『怪奇小説日和』などがある。歌人集団「かばん」会員。

目ざめればしずまりかえる晴天をきみのかたちにこごる熱量
『世界が海におおわれるまで』二〇〇一

コーヒーの湯気を狼煙に星びとの西荻窪は荻窪の西

昼ふかく浄土に雨の降るを待つ金糸卵を切りそろえつつ

眼鏡屋は夕ぐれのため千枚のレンズをみがく（わたしはここだ）
『眼鏡屋は夕ぐれのため』二〇〇六

かんたんなものでありたい　朽ちるとき首がかたんとはずれるような

ふたしかな星座のようにきみがいる団地を抱いてうつくしい街

どんなにかさびしい白い指先で置きたまいしか地球に富士を

透明を憎んで木々はこれほどにふかいみどりに繁る　見よ　見よ
『薄い街』二〇一〇

〈つれていって〉と〈つなぎとめて〉がせめぎあう娼館、はるのひるのわたしは

骨くらいは残るだろうか秋がきて銀河と銀河食いあいしのち

飛ぶ紙のように鳥たちわたしたちわすれつづけることが復讐

靴ひもをほどけば星がこぼれだすどれほどあるきつづけたあなた

手ぶくろをはずすとはがき冷えていてどこかにあるはずの薄い街

土くれがにおう廊下の暗闇にドアノブことごとくかたつむり
たった今きみがはずした腕時計その円周がぬくいうれしい
立入禁止区域に星を戴いてもう産まなくていいよ牛たち
人はすぐいなくなるから　話してよ　見たことのない海のはなしを
饐えながら降る月光に現実をつよくした椅子　男が好きだ
だれも知らない滝のよう真夜中に遠く遠くで研がれる米は
この国に生まれてわたし青空の青のごとくに異教徒でした

『モーヴ色のあめふる』二〇一五

歌集未収録

一首鑑賞

眼鏡屋は夕ぐれのため千枚のレンズをみがく（わたしはここだ）

詩集の著書もある佐藤は、幻想文学に造詣が深く、豊かなファンタジー性のある独自の世界を描く。そのやわらかな浮遊感が心地よいが、基本的に日常の風景から展開する歌が多く、読む者の過去の記憶に触れてくるような普遍性と説得力も持っている。この一首では、人が物を見るために作られたたくさんのレンズがきらきらと並ぶ眼鏡専門店の情景が、郷愁を誘う。こだわりのありそうな店主が一心にレンズを磨くのは、その日の、つかの間の夕ぐれを迎えるためである、という着想が、優しく美しく、秀逸である。別次元から聞こえてきたかのような丸括弧の中のセリフは、この世に存在し続けることへのしずかな意志表明として、千枚の透明なレンズのイメージと響きあう。（H）

佐《さ》藤《とう》よしみ

海かがやけば
（雁書館）

一九五五年神奈川県生まれ。「國學院短歌」、同人誌「乎利苑」、個人誌「帆・HAN」、結社「月光」、同人誌「開放区」を経て、同人誌「蓮」に参加。歌集に『海かがやけば』（雁書館）、『風のうた』（山脈文庫）、『青の領域』（ながらみ書房）。現代歌人協会会員。

ひとひとり思えば杳《とお》き午後ならん生《いき》透くるまで壜の陽だまり
血はぬるくめぐりきたるよゆきあかり雪の奇形をてのひらに受く
落日の照りきわまれば酢のごとき匂いに咽喉を刺す思慕のあり
母と二人むかう厨におおかたは見抜かれていん愛のことなど
おとうとの死もてはろけきみんなみの海よかがやく標的《まと》となるべし
かるがると人のたましい吹きあげて野わきの空を鳥渡りゆく

『海かがやけば』一九八二

血痕のごとき日本を残したる地球儀一つ売られゆく冬
抱くように湯を掻きおればすこしずつ怒りも哀にほどけゆくらし
春の雪川面に音もなく至りふいに魚卵の眼はうごきたり
笑うほかなくて笑うを団欒の一枚としてアルバムはある

『風のうた』一九九九

傾ける地をゆくときは傾きて歩めばよしと病みて思えり
傷つきし舌にレモンの酸みちて瀑布のごとき夏はゆきたり
微量なる毒もて浄《あら》う日常か青きインクのしたたるゆうべ

『蒼の領域』一九九九

ふるさとの川にて死なん魚のため水は今宵も匂いを放つ
ここよりは深き森なり精《しょう》となるものたちのため道はつづけり
つくならばなりきるまでの嘘をつけあっけらかんとほほ笑みかえす
捌け口として振り下ろす包丁に太刀魚の肌ぎらりとくねる
再生の数だけ起こる殺戮と思いながらもみるYouTube
反骨はメジャーとならず舗装路の脇よりニホンタンポポ芽吹く
六月の雨は礫のように降る地にも額にも礎《いしじ》にも降る

歌集未収録

一首鑑賞

母と二人むかう厨におおかたは見抜かれていん愛のことなど

母と娘が台所に立つ。ここで毎日の食事を作ったり、特別な日のためのご馳走を用意したり。二人は向き合うのではなく、並んで窓の外でも眺めながら、それぞれ包丁を握る。娘が話すことといったら、料理に関するあれこれ、知人の消息、どうでもいいようなこと。母は大きくうなずきながら娘の話を聞く。少女から大人の女性へと変わっていく段階で、娘が母に話せることは減っていくのかもしれない。娘の恋愛も、学問や仕事への思いも、母は詳しく知らない。それでも母は見抜いているだろう。娘の現在も、将来も、それほど心配いらないということを。ともに台所に立つ者として娘を迎える時点で、母と娘の間には、家の歴史をつくる者同士の絆が生まれている。
（C）

佐藤《さとう》りえ

フラジャイル
（風媒社）

一九七三年宮城県生まれ。歌集に『フラジャイル』『What I meant to say』（私家版）。「RANGAI」「豈」同人。他、造本作家として活動、『プロが教える上達レッスン　豆本の教室』（スタジオタッククリエイティブ）に作品提供。二〇一七年、米ミニチュアブックソサエティコンペティションで最優秀賞を受賞。

この夜がこの世の中にあることをわたしに知らせるケトルが鳴るよ
食べ終えたお皿持ち去られた後の泣きそうに広いテーブルを見て
一人でも生きられるけどトーストにおそろしいほど塗るマーガリン
青空の天辺にある美しい南京錠の鍵をください
おおこんな吹雪の最中何を思い君は歯ブラシを買いに行く
春の河なまあたたかき光満ち占いなんて当たらないよね
星空を仰ぎて降りる助手席の近さを外で感じながらも
もし君が死ぬ時ほんの一瞬をぼくで満たしてくれればいいや
ヘッドホン外した時の静寂にどこか似ている恋の終わりは
抱きしめることと束縛することの違いを百字以内で述べよ
蛍光灯の下に集いて家族とはほくろの多き集団なりき
泣けるボタンを押されてみんな抱き合って地上に作る光る泉を
真夜中に葡萄を食べる仲となりドミノがひとつ倒れる予感

『フラジャイル』二〇〇三

雪つぶていくつも投げてこの海をあふれさせるとあなたは言った
切り分けたプリンスメロンの半分を冷蔵庫上段の光へ
光あれ、と言ったあなたが見落とした僕の背中に影はあるのです
「光ろうとするたび落ちてこなごなになったかけらが星」って神話
スケルトン・ボーイ　スケルトン・ガール　肋の奥に宙吊りの心臓
この国は柩（に入る心配をしている人達）でいっぱいだ
幸福でありますように　ずぶ濡れの重い衣服を着たまま祈る

歌集未収録

一首鑑賞

この夜がこの世の中にあることをわたしに知らせるケトルが鳴るよ

どんな夜も、その日にあった出来事の余韻に包まれて、嬉しさ、寂しさ、いろいろな思いとともに過ごすひとときとなる。この夜のわたしの物思い。わたしだけが知っている心の揺れ。一人でいると、わたしは見えない膜につつまれて、自分だけの世界に入り込んでしまう。思わずぼんやりしていると、お湯が沸き、ケトルがピーッと鳴る。わたしは、自分がこの世界にいることを思い出す。ケトルが鳴るのも当然。わたし自身がそれを火にかけていたのだから。わたしよく考えてみると、わたしは世界とずっと離れていることなどできない。わたし自身がしかけた、さまざまな過去によって、必ずこの世界に呼び戻されるのだ。甘く、厭わしいこの世の中に。（C）

陣崎草子《じんさきそうこ》

春戦争
（書肆侃侃房）

一九七七年大阪府生まれ。大阪教育大学芸術専攻美術科卒業。かばんの会所属。二〇一三年に第一歌集『春戦争』（書肆侃侃房）出版。歌人・岡井隆氏によって「私が選んだ今年の歌集」に選ばれる。画家、絵本作家、児童文学作家としても活躍し、『草の上で愛を』（講談社）で講談社児童文学新人賞佳作を受賞。作品に『片目の青』（講談社）など、著書多数。

せっぱつまっておまえに逢いにゆく夏の林道　蟬の小便光る

どうやって生きてゆこうか八月のソフトクリームの垂れざまを見る

体内にしたたる翠《みどり》暴れる日抱きとめられねば胸から跳ねる

スニーカーの親指のとこやぶれてて親指さわればおもしろい夏

好きでしょ、蛇口。だって飛びでているとこが三つもあるし、光っているわ

ごーごーと燃えてる屋敷のきれいさを忘れないまま大人になりたい

何故生きる　なんてたずねて欲しそうな戦力外の詩的なおまえ

こんなにもだれか咬みたい衝動を抑えて紫陽花の似合うわたしだ

どうせ死ぬ　こんなオシャレな雑貨やらインテリアやら永遠めいて

この人が伴侶であればと思う背の遠ざかる道へ投げる花束

生きることぜんぜん面倒くさくない　笑える絵の具のぶちまけ方を

（誰のだろう）　遠く願いのこわされる音を聞きつつ歯磨きをする

すっきりとした立ち姿を見てってよこれがあなたがたの生んだものです

『春戦争』二〇一三

冬、くっきりとした光降る階段をのぼる白磁の皿を抱えて

ねえせんせい、わたしたちすこし傲慢にバターを塗ってみましょう今日は

「かぞえて」と街をゆきつつ夏の腕差しだせばふるえはじめる黒子《ほくろ》

このひとに触れずに死んでよいものか思案をしつつ撒いている水

ねえせんせい、わたし生まれかわったら樹木になるから（見上げて欲しい）

春の日はきみと白い靴下を干す　つま先に海が透けてる

ちからちからちからちからをなんにももってないことのうれしさここに埋めとく

歌集未収録

一首鑑賞

スニーカーの親指のとこやぶれてて親指さわればおもしろい夏

やぶれたスニーカーが似合うのは十代後半。やぶれたところから出ている親指に触れる。自分の足の親指との再会を喜ぶかのように、または自分の足にこんな親指があったことに初めて気づいたかのように触れる。自分も、自分の親指も、ちょっと嬉しくなる。これとは別に、他の人の足の指をさわっているという解釈も成り立つ。たとえばある少女が、少年の足を見て「こんなとこがやぶれてるぞ。えい」とその親指をちょこんと突く。どんな生意気な少年でも、こんなことをされたらたまらない。顔が赤くなる。恋におちる前の二人。夏の真ん中のワンシーンだ。親指は、他の指よりも力を持っている。何をするにもいちばん負荷がかかる。親指はその人の分身なのかもしれない。（C）

杉《すぎ》崎《ざき》恒《つね》夫《お》

食卓の音楽
（六花書林）

一九一九年静岡県生まれ。「詩歌」を経て「かばん」「礁」に参加。第一歌集『食卓の音楽』。東京天文台（現・国立天文台）に勤務。二〇〇九年永眠。没後、「かばん」に発表された作品を収録した『パン屋のパンセ』が刊行され、歌集としては異例のベストセラーとなる。

ティ・カップに内接円をなすレモン占星術をかつて信ぜず

聖歌隊胸の高さにひらきたる白き楽譜の百羽のかもめ

街頭に雨光るとき喚声を抑えて並ぶ夏の果実ら

たくさんの空の遠さにかこまれし人さし指の秋の灯台

夏蟬も終りて候《そろ》う月の国静かの海へあてたる手紙

『食卓の音楽』一九八七

街路樹の木の葉ふるときソラシドレ鳥刺の笛がきこえませんか

星空へ紛れこませるわが神話チェロ座・ピアノ座・ヴァイオリン座

かなしみよりもっと無縁のところにてりんごの芯が蜜を貯めいる

舞う雪のみずからたのし平均律クラヴィーアソナタ空に満ちみち

卵立てと卵の息が合っているしあわせってそんなものかも知れない

大文字ではじまる童話みるように飛行船きょうの空に浮かべり

音荒く雨ふる夜明け胸という一まいの野を展げていたり

思うさま花火よひらけ木星まで空の広さを買い占めてある

『パン屋のパンセ』二〇一〇

晴れ上がる銀河宇宙のさびしさはたましいを掛けておく釘がない
さみしくて見にきたひとの気持ちなど海はしつこく尋ねはしない
高原の風に揺れゆれ誰よりもしあわせなのはコスモス自身
パンセパンセパン屋のパンセ　にんげんはアンパンをかじる葦である
ゆびというさびしきものをしまいおく革手袋のなかの薄明
それならば俺はどうなのだ詩人とは少年のままに老いてゆく人
星のかけらといわれるぼくがいつどこでかなしみなどを背負ったのだろう

一首鑑賞

たくさんの空の遠さにかこまれし人さし指の秋の灯台

秋晴れの空は、はるか遠くまで青く澄み、じっと見ていると吸い込まれてしまいそうだ。その空の真ん中を指して灯台が建っている。その姿は、空を指す「人さし指」のように見える。大人と違い、子どもは夢中になって空のどこかを指さすことがある。はるかなものに憧れ、それに近づきたいと願うのだ。歌人は、そんな子どもに通じるような瑞々しい感性を持ち続けた。果てしない空に、まっすぐに向き合っているように見える灯台。それと同じように歌人は、世界中にあふれている不思議なもの、大きすぎたり小さすぎたりするもの、人が見過ごしがちな美しいものに心を寄せ、歌を詠み続けた。その歌の数々が今、灯台から発する光となって、世の中を照らしている。（C）

仙波龍英《せんばりゅうえい》

わたしは可愛い三月兎
（紫陽社）

一九五二年東京都生まれ。早稲田大学法学部卒業。ワセダミステリクラブで藤原龍一郎と知り合う。藤原の勧めで現代短歌を読み始め、「短歌人」に入会、実作も始める。都市の憂愁を時代の固有名詞とともに詠う方法で注目される。歌集に『わたしは可愛い三月兎』、『墓地裏の花屋』。ホラー小説『ホーンテッド・マンション』、『赤すぎる糸』がある。二〇〇〇年四月一〇日、心臓発作にて急逝。

七曜を海胆はしづかに凶事待つごとくつねにも棘と棲むなり

『わたしは可愛い三月兎』一九八五

葬列のごとく惑星ならびそむ渋谷ハチ公燃ゆる夕べを

夕照はしづかに展くこの谷のPARCO三基を墓碑となすまで

火地獄《ゲヘナ》より帰途の初秋《はつあき》つひに燃えつきてしまひしわれのそれから

ナボコフの趣味をにほはせ桜木は夜ごと淫靡にふくらみゆきぬ

あるときは渋谷のそしてあるときは田園調布の憂鬱耀ふ

愛は彩雲　さみしいだけや神楽月あかんあかんと言うたやないか

菊月は寒いさかいにバシュラールその水をわしゃよう飲まんねん

蟹二匹鍋に入れつつ「これレノン、これは由紀夫」と前生判ず

白髪のフライドチキンのをぢさんに「米帝かへれ！」と叫ぶ如月

ひら仮名は凄《すさま》じきかなはははははははははははは母死んだ

『墓地裏の花屋』一九九二

ひとひらを「あの人の死後」ひとひらを「この人の死後」頭《づ》に刻みつつ

ひたすらに踊る一団桜花避けいきなり傘などひらくは見事

『わが闘争』一巻のみ読みそのままに十数年経てまた読む　あはれ夜桜

この国などどうでもよいが首ばかり丹念に洗ふ湯屋にて洗ふ

愛しあふ夜もあるらむ墓地裏の花屋の主人とその娘と

墓地に咲く花摘むことも生計のひとつでありたる花屋の一族

きりきりと磨きゆくなりＴＯＴＯの魔神が立つまで磨きゆくなり

ロッカーの犇《ひしめ》く涼しきビルのなか人骨あまたならべられたり

われといふ時計は疾うに停止して「なぜにおまへは生きてゐるのだ？」

＊藤原龍一郎選

一首鑑賞

夕照はしづかに展くこの谷のPARCO三基を墓碑となすまで

この歌が収載されている『わたしは可愛い三月兎』は、吾妻ひでおによる愛らしい表紙絵をはじめ、都市の風物や固有名詞、詞書きや注釈の多用など、実験性の高さが話題になった。当時の若者文化の象徴だった渋谷のPARCOが、Part1からPart3まで建ちそろったのが一九八一年。それらを墓碑に見立てて「三基」と数えたのは、大変斬新。「渋谷惑星直列篇」という連作の中にあり、惑星が並ぶ空の下の渋谷を舞台に展開されている。赤い夕陽が、林立するビルを染めながら沈んでいく。その四角いビルがいつか「墓碑」となる、街が滅びる姿を夢想しているのだ。Part2に続き、Part1とPart3も閉鎖となり、作者が夢想した終末の世界に現実が近づきつつあるのかもしれない。（H）

染《そめ》野《の》太《た》朗《ろう》

一九七七年茨城県生まれ。歌集『あの日の海』（第18回日本歌人クラブ新人賞）、『人魚』。

あの日の海
（本阿弥書店）

一九五八年にぼくは生まれこの十月に死ぬはずだった

二月二日海老一染太郎が死んだすこし自由になった気がした（二〇〇二年）

白き陽を反《かえ》しきれない海のような教室で怒鳴る体育のあとは

カーテンに春のひかりの添う朝《あした》はじめて見たり君の歯みがき

タンポポの背が伸びるころ君よりも君を知るのだ狭い新居で

含み笑いをしながら視線逸らしたる生徒をぼくの若さは叱る

花冷えの千鳥ヶ淵を　責めることだけがあなたに近寄る方途

『あの日の海』二〇一一

休職を告げれば島田修三は「見ろ、見て詠え」低く励ます

たろうさんたろうさんとぼくを呼ぶ義父母に鬱を告げ得ず二年

「ファットとマンの間に・《てん》は要りますか」問われてしばし窓の外《と》を見る

除染とは染野を除外することなれば生徒らは笑うプールサイドに

福嶋を原発野郎と笑う生徒《こ》を叱ることさえうまくできない

全身に夕陽を浴びてしまいたりバス待つ列の最後尾にて

『人魚』二〇一六

海を見に行きたかったなよろこびも怒りも捨てて君だけ連れて
もし煙草を吸えたなら今あなたから火を借りられた揺れやまぬ火を
うがいする君の隣でうがいすればうがいののちの会釈さびしも
薄情だとか驕ってるだとかぼくに言いたそうな幾人《いくにん》か　おめでとう
「この子の成績をどこまで上げてくれるんですか」まさか詩なのか
夕空がぼくよりぼくであることのふいにあふれてきたりあなたは
死ねばいい、と号泣しつつ飲む人のその宛先になりたかったが

一首鑑賞

休職を告げれば島田修三は「見ろ、見て詠え」低く励ます

島田修三は、染野太朗の歌の師である。若き教員歌人は、誠実でひたむきであるがゆえに、生きづらさをかかえている。休職することを決め、報告すると、師は「見ろ、見て詠《うた》え」と言った。復職する見通しや、食べていけるのかという心配や、「頑張れよ」というありきたりな言葉ではなく、ただ歌を詠めと言ったのだ。師は、この若い弟子が歌を詠むことで立ち直ると思っていたのだろう。また、この弟子が、心の揺れとともに周囲のすべてに独自の光をあてることができると信じていたのだろう。師は歌の話しかしない。弟子も、歌の教えとして受け取るだけだ。だが、この二人は、歌を通じて互いを深く認め合っている。島田修三の低く響く声を思う。（C）

高野公彦《たかのきみひこ》

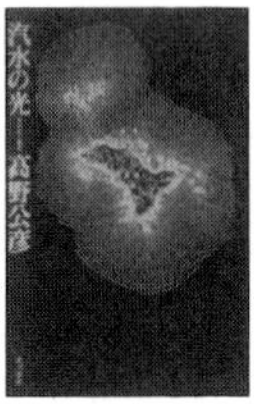
汽水の光
（角川書店）

一九四一年愛媛県生まれ。「コスモス」に入会し、宮柊二先生に師事。歌集『汽水の光』『天泣』『水苑』『河骨川』『流木』など。歌集のほかに歌論集『地球時計の瞑想』、鑑賞書『宮柊二』、エッセイ集『ことばの森林浴』、歌論集『うたの回廊』、鑑賞書『わが秀歌鑑賞』、入門書『短歌練習帳』などの著書がある。現在「コスモス」編集人。

青春はみづきの下をかよふ風あるいは遠い線路のかがやき

『水木』一九八四

風いでて波止《はと》の自転車倒れゆけりかなたまばゆき速吸《はやすひ》の海

少年のわが身熱《しんねつ》をかなしむにあんずの花は夜も咲《ひら》きをり

『汽水の光』一九七六

白き霧ながるる夜の草の園に自転車はほそきつばさ濡れたり

みどりごは泣きつつめざむひえびえと北半球にあさがほひらき

ふかぶかとあげひばり容れ淡青《たんじやう》の空は暗きまで光の器

『淡青』一九八二

はるかなるひとつぶの日を燭《しよく》としてぎんやんま空にうかび澄みたり

妻子《つまこ》率《ゐ》て公孫樹のもみぢ仰ぐかな過去世・来世にこの妻子無く

『雨月』一九八八

雨月の夜蜜の暗さとなりにけり野沢凡兆その妻羽紅《うこう》

ホモ・ファベル悲しきかなや原発は悪魔がそそのかした美酒《うまさけ》

『地中銀河』一九九四

やはらかきふるき日本の言葉もて原発かぞふひい、ふう、みい、よ

バイオリンを顎で押さへて弾《ひ》く見れば演奏は濃き愛撫に似たり

『水苑』二〇〇〇

あれはどこへ行く舟ならむいつ見ても真つ新なるよ柩といふは

くるぶしの突起をなでて夜半ををりこれは骨、いづれただのしら骨
『渾円球』二〇〇三

飛び去りし白さぎの跡ひとすぢの体温あらむ秋深きそら

わだつみをほういと飛んでまた一つほういと飛魚《あご》の飛ぶよ天草
『甘雨』二〇〇六

近う参れ近う参れと呼ぶゆゑに夜ごと〈伊佐美〉の瓶に近づく

ポパイなやつポップコーンなやつなどがぞろぞろ歩くペプシな渋谷

野蒜《のびる》の根白きちひさき玉なしぬ　死にゆくときはみんな無一物《するすみ》

高野甲、高野乙あり寒き夜を甲は酔ひつつ乙は歌を詠む
『天平の水煙』二〇〇八

一首鑑賞

みどりごは泣きつつめざむひえびえと北半球にあさがほひらき

みどりご（赤ちゃん）と、朝顔のイメージの呼応が美しい。どちらも小さな命が自らのなけなしのエネルギーでその存在を世界にアピールしていく瞬間を捉えており、静謐な歌ながら瑞々しい生命感にあふれている。情景としては、赤ちゃんのいるごく普通の夏の家庭の様子だろう。新しい朝日を浴びて、育てている朝顔がだんだん開いていくとき、目を覚ましたばかりの赤ちゃんが泣いている。そんな日常的な場面に突然挿入される「北半球」の一語の大胆さに心を奪われる。赤ちゃんの目覚めから北半球へと一気に視点が大きくなり、その後ふたたび小さな朝顔の開花へと焦点が絞られていくダイナミックな展開は、短歌だからこそ表現することができる自在さでもあると思う。（H）

高《たか》柳《やなぎ》蕗《ふき》子《こ》

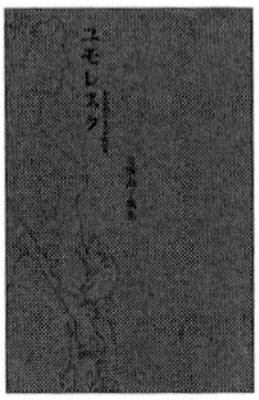

ユモレスク
（沖積舎）

一九五三年埼玉県生まれ。「かばん」「鹿首」所属。歌集『ユモレスク』『回文兄弟』『あたしごっこ』『潮汐性母斑通信』『高柳蕗子全歌集』。短歌評論『雨よ、雪よ、風よ。』『短歌の生命反応』『はじめちょろちょろなかぱっぱ』『短歌の酵母』『空はともだち？』他。

殺人鬼出会いがしらにまた一人殺せば育つ胃癌の仏像

『ユモレスク』一九八五

いたみやすい真夏の闇は新鮮な長い悲鳴で殺菌される

『回文兄弟』一九八九

濃密な闇夜に足を組みかえて聞き入る虫の侍言葉

かわいがれず撫でまわすうちに一夜明け蜜柑になったあたしの赤ちゃん

『あたしごっこ』一九九四

長考の父よあたしは宙ぶらりん　膣に小さな蝶うかばせる

世は白雨　走り込んでは牛たちのおなかに楽譜書く暗号員

『潮汐性母斑通信』二〇〇〇

傍受せり　裏の世に兄は匿われ微吟する「二一天作ノ五」

霊能を集めて一家がかきまぜるジグソーパズルの父の肖像

一度でも人のこころに触れたものは燃やせばわかるどーりーどーりー

手錠した両てのひらにかわるがわる聴診器あて「どちらも無罪」

うずいている夕焼けている　関係者各位わたしの乳首は交番である

おちんちんが嘘発見器の三郎スパイ　その反対の妹スパイ

とびはねて君がバナナをもぐたびにすすり笑う不憫な妹さん

『高柳蕗子全歌集』二〇〇七

手があれば胸をこうしてばってんに押さえて飛び立つだろう飛行機
お互いの臍からぐにゃぐにゃした刀をあああと引き抜きあってしまった
暮春という言葉を揺らし揺らしして友よなるべく遠くまで帰ろう
し続けるタイムワープのめくるめくゆけゆけまぼろんうらしまたろん
ベートーベン雲になってもかっこいいゆるめて通るそのほうれい線
ああこども　きっと探偵になりなさい三つの乳房かきまぜなさい
ほとぼりのさめかけに人語しどけなくやわらぐに似る　と波音辞典

歌集未収録

一首鑑賞

手があれば胸をこうしてばってんに押さえて飛び立つだろう飛行機

「ばってんに」は視覚的には×《ばつ》の形にという意味になるが、その前に「こうして」と指示語があることから、ジェスチャーを交えた発話のように思われる。そのしぐさを飛行機がするという擬人化は漫画的ではあっても、ふざけた感じはない。胸の前で腕を交差するポーズは、古代エジプトの王やキリスト教の聖人などの像に見られる宗教性、バレエやフラダンスなどにおいては女性らしさ、格闘技では防御というようにいずれも意味があり、真剣さを伴う。複数の人を運ぶ飛行機、とりわけ数百の命を乗せたジャンボジェット機にもし人格があれば、真剣に旅の安全を期するに違いない。手があれば、その意志がおのずとあらわれるに違いない。（S）

竹山《たけやま》 広《ひろし》

とこしへの川
（雁書館）

一九二〇年長崎県生まれ。「心の花」会員。二十五歳での被爆体験をもとに、のちに原爆詠を始める。第一歌集『とこしへの川』により長崎県文学賞、第四歌集『一脚の椅子』によりながらみ現代短歌賞、『竹山広全歌集』により迢空賞、詩歌文学館賞、斎藤茂吉短歌文学賞を受賞。二〇一〇年、永眠。

死肉にほふ兄のかたへを立ちくれば生きてくるしむものに朝明く

『とこしへの川』一九八一

橋下に死してひしめくひとりひとり面おこし見てうち捨てゆきつ

寒天の闇わたりきてすれ違ふたましひの芯光り合ふまで

くろぐろと水満ち水にうち合へる死者満ちてわがとこしへの川

人に語ることならねども混葬の火中にひらきゆきしてのひら

雨あとの雲のみだれをおしわたり月すさまじき円形となる

『葉桜の丘』一九八六

透きとほりたる一滴を目に落すときにいのちは傾がむとせり

『残響』一九九〇

水ひろく張る川のうへ感情のごときを点しゆきし夜行車

『一脚の椅子』一九九五

炎去りゆきし瓦礫を人掘れりいのち得てすることのはじめに

『千日千夜』一九九九

われの死がかずかぎりなき人間の死になるまでの千日千夜

一分の黙禱はまこと一分かよしなきことを深くうたがふ

『射禱』二〇〇一

まゐつたと言ひて終りたる戦争をながくかかりてわれは終りき

人界に降りくだるときある雪はためらひて宙に戻らむとせり

わが知るは原子爆弾一発のみ一小都市に来しほろびのみ
斎場を出づるときすでに歌一首粗作《あらづく》りせりけなげなあたま
硝子戸をくだれる雨の粒と粒かたくなにして寄り合はずけり
『遐年』二〇〇四

六十年むかし八月九日の時計の針はとどまりき　いま
欲のごとく祈りのごとく来て去りしかずかぎりなきあしたとゆふべ
『空の空』二〇〇七

素裸の体重を眼にたしかむるときたましひは足を揃ふる
あな欲しと思ふすべてを置きて去るとき近づけり眠ってよいか
『眠ってよいか』二〇〇八

一首鑑賞

人に語ることならねども混葬の火中にひらきゆきしてのひら

長崎に原子爆弾が投下された。なんとか生き延びることができた歌人は、慣れ親しんだ町の惨状を見届ける。たくさんの人が苦しみのなかで死んでいった。一人ひとりを確認し、遺族に引き合わせることもできない。今できるのは、遺体をまとめて火葬することだけだ。ただ黒っぽい物体と化した遺体を積み上げて焼く。残された者は、受け入れることのできない現実の重みに喘ぎながら、それをただ見ている。ふと、ある遺体の手が見えた。炎に巻かれ、まるで熱がっているかのようにひらいてゆくてのひら。この状況では、死んでなお、真に苦しみから逃れられる訳ではないのかもしれない。竹山は原爆を詠み、戦争のおぞましさを説き続けた。（C）

辰巳泰子《たつみやすこ》

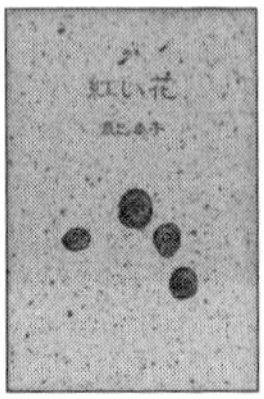

紅い花
（砂子屋書房）

一九六六年大阪府生まれ。歌集に『紅い花』（第34回現代歌人協会賞）、『アトム・ハート・マザー』『仙川心中』『恐山からの手紙』『セイレーン』『いっしょにお茶を』（最新刊。現代かな表記）など。DVDに『聖夜―短歌朗読ライブ―』。短歌結社「月鞠」主宰。このたびの自選は、二十代の作品と、最新歌集のみに絞り、まとめやすいものでまとめました。

まへをゆく日傘のをんな羨《とも》しかりあをき蛍のくびすぢをして
わがまへにどんぶり鉢の味噌汁をすする男を父と呼ぶなり
いとしさもざんぶと捨てる冬の川数珠つながりの怒りも捨てる
沖あひの浮きのごとくに見えかくれしてゐるこころといふけだものは
とりの内臓《もつ》煮てゐてながき夕まぐれ淡き恋ゆゑ多く愉しむ
乳ふさをろくでなしにもふふませて桜終はらす雨を見てゐる

『紅い花』一九八九

「痛いでぇ」と酔ひたる語尾のやさしさに椅子もきしんで笑ひをるかな
男らは皆戦争に死ねよとて陣痛のきはみわれは憎みゐき
にんげんら屠りあふ日も海渡る燕《つばくらめ》あり地を瞰《み》ずにとべ

『アトム・ハート・マザー』一九九五

みどり子と呼びにしきのふを語り合ひ杯かさねつつやがて涙垂る
絵本にありし軍用機ゆき幼子のひるの熟睡《うまい》の森を灼き尽くす
風とみづ昏くながるる晩秋《おそあき》に脱ぐべき衣《きぬ》を渡されてゐる
がらーん橋このさき往かばずどーん橋暗渠にかかる戸板のごとき

『いっしょにお茶を』二〇一二

放置自転車　後輪の泥に頬よせて傾いた気をつけの曼珠沙華
まんじゅさげ刺さったらしい咳をききその夜の眠りはなはだ紅し
わたくしは行方ひとすじの忘れ川だからくり返すおなじあやまち
絶望を描いて仕事にしなさんな川はあしたも流れてゆくし
風をいれ臥すは正して立ち合えり文月二十日蝉の鳴き始め
練習が要るなれのはたてを生きるにもかりそめの杖つきて熱の花
お月さんへ梯子をかけて下りられぬ我つよく生きて女というは

一首鑑賞

沖あひの浮きのごとくに見えかくれしてゐるこころといふけだものは

心というものが、その人のその都度の言動を決定していく。それなのにこれほど不安定で得体のしれないものはない。詩歌はこの不可解な心をなんとか言語の形で表すために試行錯誤をする文芸であるといえる気もする。この歌は、遠くに見えているものの、実態として摑みづらい「沖あひの浮き」を心になぞらえ、絶妙な実感を与えている。そのうえでそれが「けだもの」と断定することで、制御不能でやっかいな激しいものであるということをユーモラスに伝えている。自然界のたっぷりとした水に浮き沈みする獣に仮託された心。水と心の親和性を生かしたという点で「いとしさもざんぶと捨てる冬の川数珠つながりの怒りも捨てる」の、痛切かつ冷静な失恋の歌と合わせて読みたい。（H）

田丸《たまる》まひる

晴れのち神様
(BookPark)

一九八三年徳島県生まれ。精神科医。高校時代より作歌を始め、二〇一一年、未来短歌会入会。二〇一二年、未来賞受賞。二〇一四年より「七曜」同人。しんくわとの短歌ユニット「ぺんぎんぱんつ」としても活動中。歌集『晴れのち神様』、『硝子のボレット』、『ピース降る』。

神様にごめんなさいを言いながら舌を出したり舌を噛んだり

『晴れのち神様』二〇〇四

幸せに浮かれてばかりじゃ痛い目を見るっていうなら今すぐ見せて

うっかりと置いてきちゃったあの気持ちを取りに今から早退します

駅までのラストスパート三分で殺し文句をくれなきゃ帰る

君がくれる挫折はいつも六月の運動場の砂の味がする

寂しいよ　遺伝子が混ざり合う音が聞こえるくらい気持ちよくして

桃色の炭酸水を頭からかぶって死んだような初恋

『硝子のボレット』二〇一四

けれどまた笑ってほしい今朝虹が出ていたことを告げる回診

生き延びてしまったような顔をしてひまわりを抱くあなたが好きよ

索引のページに指をさし入れて会話を少しずらすこいびと

寒雷の夜に切る爪　からだから遠ざかるものすべてを悼む

じゃあ非常階段に来て。眼裏の雪のすべてが燃えきるまでに

ずっととけない氷がほしい　あなたとはほんとうに家族になりたかったんだよ

次に目が覚めたら言うよそれまでは一葉の舟に満たすあかるさ
笑ってほしいだけだったんだ冬の雨スープはるさめ食べ比べして
こころには水際があり言葉にも踵があって、手紙は届く
あやめあやめたぶんこれから繰り返すあやまちさえもわたしのものだ
雨は檻、雨はゆりかご寒がりのきみをこの世にとどめるための
花束を引きずるほどの一日を果てててだれかの夢にとけたい
ざらりおん金平糖を踏むような会話のざらりおん、ざらり、おん

『ピース降る』二〇一七

一首鑑賞

桃色の炭酸水を頭からかぶって死んだような初恋

恋は事件。すべてが手探りの初恋は、なおさら。中学校や高校では、いつも誰かが誰かを好きで、ほとんど思いが通じなくて、ときには悪い冗談のように思いが叶ってしまったりして、どちらにしても格好悪い姿をさらしてしまう。桃色は恋の色。泡がはじける炭酸水は、若い人の感じやすい心そのもの。初恋という大事件に遭遇し、じたばたしている様子を軽やかに詠む。胸に芽生えた初恋が、どんなふうに進展したとしても、恋におちた人の心は一度死ぬ。そして生まれ変わって、周囲のすべてのものが輝いて見え、ようやく自分自身と向き合えるようになる。初恋の格好悪さをすべて引き受け、「恋するとみんな大変なんだよ」と励ましてくれるような一首である。（C）

俵《たわら》 万智《まち》

一九六二年大阪府生まれ。一九八六年「八月の朝」で第32回角川短歌賞受賞。『サラダ記念日』で第32回現代歌人協会賞受賞。『プーさんの鼻』で第11回若山牧水賞受賞。二〇〇四年評論『愛する源氏物語』で第14回紫式部文学賞受賞。歌書に『あなたと読む恋の歌百首』『短歌をよむ』『考える短歌』『恋する伊勢物語』『チョコレート語訳　みだれ髪』など。

サラダ記念日
(河出書房新社)

「嫁さんになれよ」だなんてカンチューハイ二本で言ってしまっていいの

『サラダ記念日』一九八七

「寒いね」と話しかければ「寒いね」と答える人のいるあたたかさ

「この味がいいね」と君が言ったから七月六日はサラダ記念日

何層もあなたの愛に包まれてアップルパイのリンゴになろう

『とれたての短歌です。』一九八七

四万十《しまんと》に光の粒をまきながら川面をなでる風の手のひら

『かぜのてのひら』一九九一

はなび花火そこに光を見る人と闇を見る人いて並びおり

チューリップの花咲くような明るさであなた私を拉致せよ二月

いくつかのやさしい記憶　新宿に「英《ひで》」という店あってなくなる

優等生と呼ばれて長き年月をかっとばしたき一球がくる

『チョコレート革命』一九九七

男ではなくて大人の返事する君にチョコレート革命起こす

ポン・ヌフに初夏《はつなつ》の風ありふれた恋人同士として歩きたい

バンザイの姿勢で眠りいる吾子よ　そうだバンザイ生まれてバンザイ

『プーさんの鼻』二〇〇五

生きるとは手をのばすこと幼子《おさなご》の指がプーさんの鼻をつかめり

たんぽぽの綿毛を吹いて見せてやるいつかおまえも飛んでゆくから
揺れながら前へ進まず子育てはおまえがくれた木馬の時間
みかん一つに言葉こんなにあふれおり　かわ・たね・あまい・しる・いいにおい
子と我と「り」の字に眠る秋の夜のりりりるりりりあれは蟋蟀《こおろぎ》
振り向かぬ子を見送れり振り向いたときに振る手を用意しながら
「オレが今マリオなんだよ」島に来て子はゲーム機に触れなくなりぬ
ストローがざくざく落ちてくるようだ島を濡らしてゆく通り雨

『オレがマリオ』二〇一三

一首鑑賞

「寒いね」と話しかければ「寒いね」と答える人のいるあたたかさ

寒さを感じたから「寒いね」とそばにいる人に話しかける。本当になにげない、反射のような行為である。そこに同じ「寒いね」という返事。こちらもほぼ反射のような、あまりなにも考えずに出た行為だろう。誰でもこんな会話を何度もしたことがあるに違いない。しかし改めて考えてみると「寒いね」という最初の呼びかけから、一人では成立しない行為なのだと気付く。すぐそばに人がいて、気軽に声をかけられて、てらいなく返事が返ってくる。それを「答える人のいるあたたかさ」として捉える視点は、関係性に対する新鮮な発見である。同じ言葉を別の人物が繰り返した会話がリフレインとなって音楽性を引き出し、口語の響きが生きた普遍性のある一首となった。（Ｈ）

千種創一《ちぐさそういち》

砂丘律
（青磁社）

一九八八年愛知県生まれ。二〇一五年、第一歌集『砂丘律』。二〇一六年、第22回日本歌人クラブ新人賞、第9回日本一行詩大賞新人賞。中東在住。Twitter: chigusasoichi

瓦斯燈を流砂のほとりに植えていき、そうだね、そこを街と呼ぼうか

映像がわるいおかげで虐殺の現場のそれが緋鯉にみえる

砂の柱にいつかなりたい　心臓でわかる、やや加速したのが

煙草いりますか、先輩、まだカロリーメイト食って生きてるんすか

TOEFLで点がとれない　手をつなぐ以上のことを想像しない

舟が寄り添ったときだけ桟橋は橋だから君、今しかないよ

口移しで夏を伝えた　いっぱいな灰皿、開きっぱなしの和英

いちじくの冷たさへ指めりこんで、ごめん、はときに拒絶のことば

正しさって遠い響きだ　ムニエルは切れる、フォークの銀の重さに

あっ、ビデオになってた、って君の声の短い動画だ、海の

紫陽花の　こころにけもの道がありそこでいまだに君をみかける

マグカップ落ちてゆくのを見てる人、それは僕で、すでにさびしい顔をしている

修辞とは鎧ではない　弓ひけばそのための筋《きん》、そのための骨《こつ》

『砂丘律』二〇一五

下がってく水位があって、だめだな、あなたと朝を迎えるたびに
僕たちは狂気の沙汰だ　鍵は落ちて雪の深さへ埋まっていった
手に負えない白馬のような感情がそっちへ駆けていった、すまない
絨毯のすみであなたは火を守るように両手で紅茶をすする
会いたさは来る、飲むための水そそぐとき魚の影のような淡さに
また言ってほしい。海見ましょうよって。Corona の瓶がランプみたいだ
千夜も一夜も越えていくから、砂漠から獏を曳き連れあなたの川へ

歌集未収録

一首鑑賞

また言ってほしい。海見ましょうよって。Coronaの瓶がランプみたいだ

「海見ましょうよ」ということばづかいはなかなか微妙で、親密な間柄なら「海見ようよ」のほうが自然だし、といって先輩や上司の誘いとも思えない。どこか異国の女性の台詞を翻訳したかのようである。メキシコのビールであるコロナの瓶は透明なので、色づいた液体を光が透過してランプのように見えるのだろう。そのように刹那的で美しい道具立てもふくめ、映画かミュージックビデオを思わせるセンチメンタルな場面の切り取り方とも言えるが、短歌のリズムに乗せたとき上の句の十七音に生じる句またがり・句割れ、すなわち本来の五・七・五音を伏流として八・九音の語りをかぶせてゆく二重の律は、現代らしい技巧である。（S）

千葉《ちば》 聡《さとし》

微熱体
（短歌研究社）

一九六八年神奈川県生まれ。「かばん」会員。公立中学校、高校の国語科教諭。第41回短歌研究新人賞受賞。歌集に『微熱体』『そこにある光と傷と忘れもの』『飛び跳ねる教室』『今日の放課後、短歌部へ！』『海、悲歌、夏の雫など』『短歌は最強アイテム』。月刊「短歌研究」にて掌編小説を連載中。

やさしい歌　指先の傷は試されて試されすぎている　うたいたい

二人して交互に一つの風船に息を吹き込むようなおしゃべり

明日《あす》消えてゆく詩のように抱き合った非常階段から夏になる

台風が近づく夜更けペンをとる　僕は闇でも光でもない

蛇行せよ詩よ詩のための一行よ天国はまだ持ち出し自由

『微熱体』二〇〇〇

真夜中の屋上に風「さみしさ」の「さ」と「さ」の距離のままの僕たち

夏になりそびれた廃材　母が指ささないものを見てばかりいた

キス未遂　僕らは貨車に乗り込んで真夏が軋みだすのを聴いた

『そこにある光と傷と忘れもの』二〇〇三

「おはよう」に応えて「おう」と言うようになった生徒を「おう君」と呼ぶ

フォルテとは遠く離れてゆく友に「またね」と叫ぶくらいの強さ

差出人不明の光でいっぱいの冬のプールを見ていた誰か

『飛び跳ねる教室』二〇一〇

仲直り　夜明けに伸びる木の影が小石をなでるみたいな握手

戦争をその手にさせるな　教科書に縦長ハートを書く白い手に

卒業生最後の一人が門を出て二歩バックしてまた出ていった

思いつきすぐに忘れた詩を悼み空の馬鹿さの真ん中に立つ

手を振られ手を振りかえす中庭の光になりきれない光たち

『今日の放課後、短歌部へ!』二〇一四

息が咲くタイムアウトの選手たち　声を立たせてコートに戻る

海は海　唇噛んでダッシュする少年がいてもいなくても海

『海、悲歌、夏の雫など』二〇一五

西階段踊り場に射すため長く長く引き伸ばされて、光は

『短歌は最強アイテム』二〇一七

海賊より空賊がいい　寝転んでこの空を青く青く蹴る男子

一首鑑賞

海は海　唇噛んでダッシュする少年がいてもいなくても海

書いたことの一部を直したいとき、消し去らず、上から線を引くなどして元の字句が見えるようにしておく「見せ消《け》ち」は、述べたことをいったん取り消すという詩歌の技法のひとつでもある。この歌では「唇噛んでダッシュする少年」が半ばその対象となっていて、映画のスクリーンを少年が駆け抜けて去ったような動きを感じさせる。唇を噛むとは、スターティングの決意か、あるいは内に悔しさなどの感情を秘めているのか。繊細な表情のクローズアップからすぐにカメラが引き、波の満ち引きのように繰り返される「海」があとに残る。はてしない海と対比される人間は小さく、その若さは短いけれど、たしかな一瞬の燃焼があったと信じられる。（S）

塚本邦雄《つかもとくにお》

湖の夜明け、ピアノに水死者のゆびほぐれおちならすレクイエム

漕刑囚《ガレリアン》のはるけき裔か花持てるときもその肩もりあがらせて

日本脱出したし　皇帝ペンギンも皇帝ペンギン飼育係りも

惡運つよき青年　春の休日をなに著ても飛行士にしか見えぬ

燻製卵はるけき火事の香にみちて母がわれ生みたること恕《ゆる》す

五月來る硝子のかなた森閑と嬰兒みなころされたるみどり

固きカラーに擦れし咽喉輪のくれなゐのさらばとは永久《とは》に男のことば

おおはるかなる沖には雪のふるものを胡椒こぼれしあかときの皿

馬を洗はば馬のたましひ冱ゆるまで人戀はば人あやむるこころ

ほほゑみに肖てはるかなれ霜月の火事のなかなるピアノ一臺

掌《てのひら》の釘の孔もてみづからをイエスは支ふ　風の雁來紅《かまつか》

夢の沖に鶴立ちまよふ　ことばとはいのちを思ひ出づるよすが

夢前川《ゆめさきがは》の岸に半夏《はんげ》の花ひらく生きたくばまづ言葉を捨てよ

水葬物語
（メトード社）

一九二〇年滋賀県生まれ。二〇〇五年没。前川佐美雄に師事し、第一歌集『水葬物語』が中井英夫や三島由紀夫に絶賛される。前衛短歌運動の旗手として寺山修司や岡井隆らとともに活躍し、一九八五年に結社「玲瓏」を設立。『不變律』で迢空賞、『魔王』で現代短歌大賞を受賞。二十四冊の序数歌集のほか、間奏歌集・未刊歌集、俳句、詩、評論、小説など著作多数。

『水葬物語』一九五一
『装飾樂句《カデンツァ》』一九五六
『日本人靈歌』一九五八
『水銀傳說』一九六一
『綠色研究』一九六五
『感幻樂』一九六九
『星餐圖』一九七一
『閑雅空間』一九七七
『天變の書』一九七九

天使魚の瑠璃のしかばねさるにても彼奴《きやつ》より先に死んでたまるか　『詩歌變』一九八六

空井戸《からゐど》の蓋の鋼《はがね》に露むすびまなこきらきらしきゴルバチョフ　『波瀾』一九八九

春の夜の夢ばかりなる枕頭にあっあかねさす召集令状

桃山産婦人科メスの音《おと》さやぎ除外例ある生のはじめ　『黄金律』一九九一

きつとたれかが墜ちて死ぬからさみどりの草競馬見にゆかむ吾妹子　『魔王』一九九三

さみだれにみだるるみどり原子力發電所は首都の中心に置け

奔馬忌の馬こそ知らね知らぬままきみは男を抱いたことがあるか　『獻身』一九九四

一首鑑賞

五月來る硝子のかなた森閑と嬰兒みなころされたるみどり

「五月来る」は俳句の季語でもあるので、ここで切って読むなら続く内容は、おそらく窓ガラスを隔てた彼方の地で大勢の嬰児が殺されているだろうという、映像的想像として受け取ることができる。「五月」と縁が深く、かつ対照的に印象のやわらかい語「みどり」で結ぶことにより、歌は美しい悪夢のような両義性を帯びる。キリスト教世界におけるヘロデ王の幼児虐殺の故事を下敷きに、現在もなお、私たちの日常には声の届かない別の場所で弱者が迫害されているであろうことへの、普遍的な関心とおののきが伝わる。「嬰兒」は通常エイジと読むが、ここでは「みどりご」という古語に当てられる漢字であることも「みどり」のイメージとひびき合っている。（S）

寺《てら》山《やま》修《しゅう》司《じ》

一九三五年青森県生まれ。一九五四年、早稲田大学入学と同時に第2回短歌研究新人賞特選を受賞。前衛短歌運動の中心として活躍。虚構を交えた独自の青春性、青森の土俗性に根ざした世界観で多くのファンを持つ。一九七一年、『寺山修司全歌集』を刊行後、歌から遠ざかり、演劇、映画などの活動を行う。一九八三年、病没。

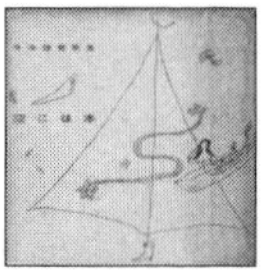

空には本
（的場書房）

わが通る果樹園の小屋いつも暗く父と呼びたき番人が棲む

海を知らぬ少女の前に麦藁帽のわれは両手をひろげていたり

ころがりしカンカン帽を追うごとくふるさとの道駈けて帰らん

ふるさとの訛りなくせし友といてモカ珈琲はかくまでにがし

一粒の向日葵の種まきしのみに荒野をわれの処女地と呼びき

夏蝶の屍をひきてゆく蟻一匹どこまでゆけどわが影を出ず

レンズもて春日集むを幸とせし叔母はひとりおくれて笑う

マッチ擦るつかのま海に霧ふかし身捨つるほどの祖国はありや

『空には本』一九五八

マラソンの最後の一人うつしたるあとの玻璃戸に冬田しずまる

老犬の血のなかにさえアフリカは目ざめつつありおはよう、母よ

『血と麦』一九六二

きみが歌うクロッカスの歌も新しき家具の一つに数えんとする

大工町寺町米町仏町老母買ふ町あらずやつばめよ

地平線縫ひ閉ぢむため針箱に姉がかくしておきし絹針

『田園に死す』一九六五

売りにゆく柱時計がふいに鳴る横抱きにして枯野ゆくとき
生命線ひそかに変へむためにわが抽出しにある　一本の釘
亡き母の真赤な櫛で梳きやれば山鳩の羽毛抜けやまぬなり
かくれんぼの鬼とかれざるまま老いて誰をさがしにくる村祭
わが切りし二十の爪がしんしんとピースの罐に冷えてゆくらし
人生はただ一問の質問にすぎぬと書けば二月のかもめ
撃たれたる小鳥かへりてくるための草地ありわが頭蓋のなかに

『テーブルの上の荒野』一九七一

一首鑑賞

きみが歌うクロッカスの歌も新しき家具の一つに数えんとする

相手がふと口ずさんだ歌を「新しき家具」の一つに数える。つまり、家具のように毎日大切に慈しんでいこうとする決意を述べている。ここには、二人で暮らし始めたことへの高揚感がある。それにしても「クロッカスの歌」ってなんだろう。思い当たる有名な歌はないので、即興の鼻歌のようなものだろうか。庭にクロッカスの花でも咲いていたのか。家具に喩えるからには、何度も繰り返したということになると思うが、でまかせの歌を繰り返し歌うだろうか。改めて考えると嘘くささが増してくるが、そんな虚構の香りもまた、魅力である。母親が存命のうちに「亡き母」の歌を詠む等、現実を超えた真理を虚構の中に追究した寺山ワールドは、無類のロマンにあふれている。（H）

堂園昌彦《どうぞのまさひこ》

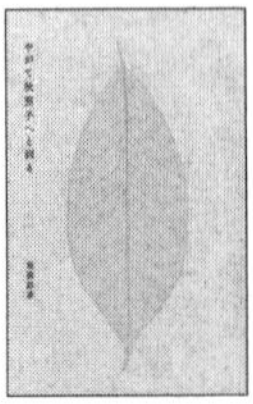
やがて秋茄子へと到る
（港の人）

一九八三年東京都生まれ。二〇〇〇年、高校生のときから作歌をはじめる。早稲田短歌会を経て、現在短歌同人誌「pool」所属。ガルマン歌会などで活動。二〇一三年、歌集『やがて秋茄子へと到る』（港の人）刊行。

『やがて秋茄子へと到る』二〇一三

美しさのことを言えって冬の日の輝く針を差し出している
朝靄の市場の広いまたたきのアンデルセンは靴屋の息子
秋茄子を両手に乗せて光らせてどうして死ぬんだろう僕たちは
記憶より記録に残っていきたいと笑って投げる冬の薄を
生きながらささやきながら栗を剝く僕らは最大限にかしこく
君は君のうつくしい胸にしまわれた機械で駆動する観覧車
春の船、それからひかり溜め込んでゆっくり出航する夏の船
手に触れる星屑みんな薔薇にして次々捨てていくんだ秋に
花と灰混ぜて三和土《たたき》にぶち撒けて夏に繋がる道を隠せり
生きるから花粉まみれて生きるからあなたへ鮮やかな本と棚
僕もあなたもそこにはいない海沿いの町にやわらかな雪が降る
君を愛して兎が老いたら手に乗せてあまねく蕩尽に微笑んで
死ぬ気持ち生きる気持ちが混じり合い僕らに雪を見させる長く

僕たちは海に花火に驚いて手のひらですぐ楽器を作る
君がヘリコプターの真似するときの君の回転ゆるやかだった
ほほえんだあなたの中でたくさんの少女が二段ベッドに眠る
とても小さなスロットマシンを床に置き小さなチェリー回す海の日
僕らお互い孤独を愛しあふれ出る喉のひかりは手で隠し合う
ロシアなら夢の焚き付けにするような小さな椅子を君が壊した
シロツメクサの花輪を解いた指先でいつかあなたの瞼を閉ざす

一首鑑賞

秋茄子を両手に乗せて光らせてどうして死ぬんだろう僕たちは

ナスは年に二度、夏と秋に収穫できる。秋ナスは夏のものより実が引きしまり、味がよいとされる。そんなナスを「両手に乗せて」、さらに、てのひらを傾けるなどして意図的に皮の濃紫を「光らせて」いるさまは、まるで巨大な宝石を手に入れたかのよう。美しいひとときだからこそ、それはいつまでも続かないという想いがわく。ひとときの幸福、愛情、生命はなぜ、ひとときで終わってしまうのか。そんな素朴な問いが「死」という考えを引きだし、まだ本当の死とは縁遠くとも、死の悲しみを知りそめた幼く無力な「僕たち」の心が立ちあがる。ナスの漢字表記が醸しだす色合い、「乗せて・光らせて・どうして」という流れにおける脚韻の音楽性もエレガント。（S）

土《と》岐《き》友《とも》浩《ひろ》

Bootleg
（書肆侃侃房）

一九八二年愛知県生まれ。大学在学時に「京大短歌」に入会し作歌をはじめる。同人誌「町」を経て、二〇一三年より歌誌「一角」を個人発行している。二〇一五年、第一歌集『Bootleg』を上梓、同書で第41回現代歌人集会賞を受賞。京都市に在住。

まっさらなノートのような思い出が音もなく降りこぼれる僕に

そのひとは五月生まれで「了解」を「りょ」と略したメールをくれる

てのひらを風にかざしているようにさびしさはぶつかってくるもの

はい、いいえ、どちらでもない春の野は色づきを深めてゆくばかり

ヴォリュームをちょうどよくなるまで上げる　草にふる雨音のヴォリューム

砂浜はまだつめたくてあなたなら僕よりもっと遠くまで行く

ため息を眺めていたら指差したゆびが消えたら春の花々

ふたりともすることがない一日にホットケーキを切って重ねる

乗客は乗り込んだのに雨の日のドアをしばらく開けているバス

本棚が足りなくなって生活のところどころに本はあふれる

夕食を終えてしばらくしたあとに普通の服で見に行く蛍

自転車はさびしい場所に停められるたとえばテトラポッドの陰に

ふたりではさびしいということが言えなくて花火を見て月を見る

『Bootleg』二〇一五

八月の僕だけがいる教室の机のかどではじけたひかり
例えれば冬のカラオケボックスの電話口から伝える言葉
フルーツのタルトをちゃんと予約した夜にみぞれがもう一度降る
勧めようとしている本を読み返す傘とかばんを近くに置いて
まるでそこから浮かび上がっているようなお菓子のそれでこそビスケット
階段を転がるように降りていく枯れ葉は風の靴であること
いないのにあなたはそこに立っているあじさい園に日傘を差して

歌集未収録

一首鑑賞

ヴォリュームをちょうどよくなるまで上げる　草にふる雨音のヴォリューム

ラジオかテレビのこと？　と思って読み進めると、「草にふる雨音」だという。音楽プレイヤーで再生される雨音と考えてもよいが、ここは実景だろう。いわば自身がプレイヤーとなっている。ものを見たくないときは目をつぶればよいが、音に関しては耳ではなく意識で操作しなくてはならない。うたい手は雨音をわりと快く感じながらも、なんらかの作業中か思考中につき「ちょうど」のBGMとなるよう自己調節していると思われる。「よくなるまで」「雨音の」の部分は句またがりで、間断なく降りつづく雨の質感につながる。一首の最初と最後を「ヴォリューム」という重量感ある語で囲んだことにより、雨音の檻の中にいるような、ものうい気分を誘われる。（S）

永井《ながい》 祐《ゆう》

日本の中でたのしく暮らす
（BookPark）

一九八一年生まれ。二〇一二年、歌集『日本の中でたのしく暮らす』。学生のときは早稲田短歌会に所属。ガルマン歌会などで活動。

白壁にたばこの灰で字を書こう思いつかないこすりつけよう
あの青い電車にもしもぶつかればはね飛ばされたりするんだろうな
パチンコ屋の上にある月　とおくとおく　とおくとおくとおくとおく海鳴り
五円玉　夜中のゲームセンターで春はとっても遠いとおもう
１千万円あったらみんな友達にくばるその僕のぼろぼろのカーディガン
大みそかの渋谷のデニーズの席でずっとさわっている１万円
日本の中でたのしく暮らす　道ばたでぐちゃぐちゃの雪に手をさし入れる
パーマでもかけないとやってらんないよみたいのもありますよ　１円
ベルトに顔をつけたままエスカレーターをのぼってゆく女の子　またね
元気でねと本気で言ったらその言葉が届いた感じに笑ってくれた
わたしは別におしゃれではなく写メールで地元を撮ったりして暮らしてる
会わなくても元気だったらいいけどな　水たまり雨粒でいそがしい
おじさんは西友よりずっと小さくて裏口に自転車をとめている

『日本の中でたのしく暮らす』二〇一二

月を見つけて月いいよねと君が言う　ぼくはこっちだからじゃあまたね

君に会いたい君に会いたい　雪の道　聖書はいくらぐらいだろうか

ある駅の　あるブックオフ　あの前を　しゃべりながら誰かと歩きたい

高いところ・広いところで歩いてる僕の体は後者を選ぶ

建物がある方ない方　動いてる僕の頭が前者を選ぶ

整然と建物のある広いところ　僕全体がそっちを選ぶ

青と黒切れた三色ボールペン　スーツのポケットに入ってる

一首鑑賞

ベルトに顔をつけたままエスカレーターをのぼってゆく女の子　またね

ショッピングモールなどで、上りエスカレーターの見える位置にいたか、下りエスカレーターに乗ったかしたのだろう。後者の場面を想像するほうがおもしろい。対向のエスカレーターに乗った女の子が近づいてくる。女の子は所在なさそうな、だるそうなたたずまいで、おでこかほっぺたを手すりベルトにつけている。そんな姿になんとなく目を引かれ、しかし会話を交わすでもなく、すれ違い、遠ざかってゆく。その数秒がいとおしく、つい「またね」と声に出さずに呟いた。「また」の機会はないとしても。ことわざの「袖振り合うも多生の縁」をショートムービーとして撮ると、こんな切り取り方になるのではないだろうか。淡い人恋しさがある。（S）

永井陽子《ながいようこ》

なよたけ拾遺
（短歌人会）

一九五一年愛知県生まれ。一九六九年「短歌人」に入会。一九七二年「短歌人」新人賞受賞。一九七三年句歌集『葦牙』刊行。一九七五年同人誌「詩線」発行。一九七八年『なよたけ拾遺』刊、第4回歌人集会賞受賞。一九九五年『てまり唄』で第6回河野愛子賞受賞。二〇〇〇年一月二十六日、逝去。二〇〇五年『永井陽子全歌集』刊行。

人間になりたかったマリオネットがゆらゆらと少年のあとつけて夜を行く

神々は留守　色チョーク取り出してなぐり書きする空暮れやすし

『葦牙』一九七三

触れられて哀しむように鳴る音叉　風が明るいこの秋の野に

生きているどのことよりも明々《あかあか》といま胸にある海までの距離

人ひとり恋ふるかなしみならずとも夜ごとかそかにそよぐなよたけ

『なよたけ拾遺』一九七八

逝く父をとほくおもへる耳底にさくらながれてながれてやまぬ

ゆふぐれに櫛をひろへりゆふぐれの櫛はわたしにひろはれしのみ

てのひらの骨のやうなる二分音符夜ごと春めくかぜが鳴らせり

帰り来てまづ掌を洗ふならはしのこころやさしいけものとおもふ

萩のはなこぼるるままにめぐりあふ兄よあなたの背の水時計

べくべからべくべくべかりべしべきべけれすずかけ並木来る鼓笛隊

『樟の木のうた』一九八三

あはれしづかな東洋の春ガリレオの望遠鏡にはなびらながれ

譜を抜けて春のひかりを浴びながら歩む*f*《フォルテ》よ人体のごとし

『ふしぎな楽器』一九八六

ここはアヴィニョンの橋にあらねど♩♩♩曇り日のした百合もて通る

『モーツァルトの電話帳』一九九三

十人殺せば深まるみどり百人殺せばしたたるみどり安土のみどり

ひまはりのアンダルシアはとほけれどとほけれどアンダルシアのひまはり

てまり唄手鞠つきつつうたふゆゑにはかに老けてゆく影法師

『てまり唄』一九九五

こころねのわろきうさぎは母うさぎの戒名などを考へてをり

海を見てきましたといふ葉書など少女らに書きながき夏の日

くつしたの形てぶくろの形みな洗はれてなほ人間くさし

『小さなヴァイオリンが欲しくて』二〇〇〇

一首鑑賞

てのひらの骨のやうなる二分音符夜ごと春めくかぜが鳴らせり

古典文学や音楽への造詣が深く、短歌にもその知的好奇心を存分に発揮した、技巧的な作品を多く残した。その韻律は明るさとやわらかさに充ち、定型詩の新たな美しさを引き出した。この歌も「二分音符」という音楽用語を「てのひらの骨」に見立て、人体と音楽のイメージを結びつけるという斬新な比喩を用いつつ、全体からは春のそよ風が吹く夜の心地よさとはかない感触が残る。自然界、人体、街の中など、独特の視点で独自の音楽性を見いだして言葉に定着させることを得意とし、短歌が音楽であるということに誰よりも自覚的な歌人だった。後年は、老いた母の看護など、作品に境涯的な要素が加味され、人間の業をほのかなユーモアで包んだ作品を詠んだ。（H）

中島裕介《なかしまゆうすけ》

Starving Stargazer
（ながらみ書房）

一九七八年兵庫県生まれ。歌集『Starving Stargazer』（ながらみ書房）、『oval/untitleds』（KADOKAWA）。ニーチェなり代わり歌集『もしニーチェが短歌を詠んだら』（KADOKAWA）。二〇一四、二〇一五年に大阪大学で短歌を通じた創造性開発ワークショップ「最強のリベラルアーツとしての短歌」を実施。二〇一八年に第三歌集『memorabilia/drift』と短歌関連書籍を刊行予定。未来短歌会所属。

モルヒネを打たずに心を縫うような痛みだ今日の空の高さは

Staring at the star of Bethlehem, she's a starving stargazer!《ベツレヘムに導かれても東方で妻らは餓える天動説者》

Please keep me keen to kiss a knight of knowledge in a Kafkaesque Kaleidoscope.《覗き込む僕を模様にする君は悪夢のような万華鏡以て》

『Starving Stargazer』二〇〇八

思いがけず優しくされて堕ちたのか机の上に残る栞は

0-0《ゼロゼロ》で迎えた延長12回裏2アウト空振りの花束

残念なお知らせをします「いつだってこの世の中は不公平です」

『もしニーチェが短歌を詠んだら』二〇一二

炎夏なる沿道に逃げ水があり　神とはひとつの憶測である

As a pupil, a joker perhaps fumbles many chalks on the cat walk of the world.《黒板は声にならない声を出し日直欄の（　・　）》

『oval/untitleds』二〇一三

世界ではいつもどこかで夕暮れが来るので傷んだ洋梨を剝く

読み終えた文庫本から大きめの付箋を一枚剝がすように朝

風景で良かったんだけど、昨日はね昨日はね昨日は鏡

※「予測変換機能によるインプロヴィゼーション」（携帯電話の予測変換機能のみを使用して作歌）

後半の文学的な意味でいい天気予報は当たらないから

※同右

何も正しくは言葉に出来ぬまま心射方位図法として立つ

繋ぐ手がない手のひらが痛むから　光よ今日の話をしよう
収集車に拾われなかった空き缶にまでも抒情するのか君は
気がつけば羽虫に入り込まれていた部屋の書棚にフーコーを置く
交差点で見せたバレエの一幕の、ほら弾けそうに見えないか皆
背ばかりが焼けた哲学書の裡に「信仰」という語のみ明るむ
信仰を持たないわれも祈りたくなることがあり手で手を触れる
川縁をきみと歩いて鼻歌をうた、った、から、あの、ころ、した、んだ

『memorabilia/drift』（仮題・未刊行）

一首鑑賞

読み終えた文庫本から大きめの付箋を一枚剝がすように朝

朝は辛い。学生も勤め人も、慌ただしく身支度をして、暑さ寒さのなか、家を出る。こうして一日ぶん確実に歳をとり、だんだんと身体や感受性の衰えを意識するようになっていく。だから誰もが、限られた時間のなかで夢を叶えようとする。新しい自分になるために読んだ、分厚い文庫本。感銘を受けたページには大きめの付箋を貼っておいた。これが自分の思索の跡だ。だが、読み返してみると、なぜ付箋を貼っていたのか分からない。あるとき、自分のなかのこだわりを一つ捨てるかのように、その付箋をはがす。何かにしがみつくことをやめると、付箋をすっきりとはがしたときのように、少しだけ気分が変わり、新しい朝がやってくる。（C）

永田《ながた》和宏《かずひろ》

一九四七年滋賀県生。京都産業大学タンパク質動態研究所所長。京都大学名誉教授。「塔」元主宰、選者。朝日歌壇、宮中歌会始詠進歌選者。歌集『メビウスの地平』から『午後の庭』まで十三冊。他に『永田和宏作品集Ⅰ』など。『歌に私は泣くだろう』（新潮文庫）『近代秀歌』『現代秀歌』（岩波新書）『新版　作歌のヒント』（NHK出版）など著書多数。迢空賞、芸術選奨文部科学大臣賞、読売文学賞など受賞。紫綬褒章受章。

メビウスの地平
（茱萸叢書）

『メビウスの地平』一九七五

きみに逢う以前のぼくに遭いたくて海へのバスに揺られていたり

あの胸が岬のように遠かった。畜生！　いつまでおれの少年

噴水のむこうのきみに夕焼けをかえさんとしてわれはくさはら

ひとひらのレモンをきみは　とおい昼の花火のようにまわしていたが

海蛇座南にながきゆうぐれをさびしきことは言わずわかれき

『黄金分割』一九七七

昇天の成りしばかりの謐《しず》けさに梯子の立ちている林檎園

岬は雨、と書きやらんかな逢わぬ日々を黒きセーター脱がずに眠る

採血の終りしウサギが量感のほのぼのとして窓辺にありし

スバルしずかに梢を渡りつつありと、はろばろと美し古典力学

なにげなきことばなりしがよみがえりあかつき暗き吃水を越ゆ

『無限軌道』一九八一

カラスなぜ鳴くやゆうぐれ裏庭に母が血を吐く血は土に沁む

『やぐるま』一九八六

日盛りを歩める黒衣グレゴール・メンデル一八六六年モラヴィアの夏

もの言わで笑止の螢　いきいきとなじりて日照雨《そばえ》のごとし女は

酔はさめつつ月下の大路帰りゆく京極あたり定家に遭わず
用のなき電話は君が鬱のとき雨の夜更けをもう帰るべし　『華氏』一九九六

寒の夜を頬かむりして歌を書くわが妻にしてこれは何者
らりるれろ言ってごらんとその母を真似て娘は電話のむこう
透明な秋のひかりにそよぎいしダンドボロギク　だんどぼろぎく
千年の昼寝のあとの夕風に座敷よぎりてゆく銀やんま
ねむいねむい廊下がねむい風がねむい　ねむいねむいと肺がつぶやく　『饗庭』一九九八

一首鑑賞

ひとひらのレモンをきみは　とおい昼の花火のようにまわしていたが

レモンという小道具が印象的な一首。花火に喩えられているので夏の情景とも考えられるが、俳句ではレモンは晩秋の果実とされることから、熱い紅茶に浮かべた輪切りのレモンの一片を恋人がなんとなくスプーンで回しているところを思い浮かべてもよいだろう。「とおい昼の花火」は音もあまり聞こえず、光も空の色に溶けてしまい、しんと明るい世界にふたりだけが存在していたかのようである。恋がその後も続いたかどうか、この歌からだけではわからない。「きみは」「まわしていたが」と助詞で語りを止める手法が、その後の時間を空白にしてしまうからである。若い日のひとこまが、白昼夢のように思われる。青春と夢は、ほぼ同義であるのかもしれない。（S）

永田《ながた》紅《こう》

一九七五年滋賀県生まれ。京都大学博士（農学）。一九九七年「風の昼」で第8回歌壇賞、二〇〇一年第一歌集『日輪』で第45回現代歌人協会賞、二〇一三年第31回京都府文化賞奨励賞受賞。他の歌集に『北部キャンパスの日々』『ぼんやりしているうちに』、エッセイ集に『家族の歌』（共著）。「塔」短歌会会員。細胞生物学研究者。

日輪
（砂子屋書房）

『日輪』二〇〇〇

人はみな馴れぬ齢を生きているユリカモメ飛ぶまるき曇天

川のない橋は奇妙な明るさで失うことを教えてくれる

ああ君が遠いよ月夜　下敷きを挟んだままのノート硬くて

輪郭がまた痩せていた　水匂う出町柳に君が立ちいる

対岸をつまずきながらゆく君の遠い片手に触りたかった

関係は日光や月光を溜めるうちふいに壊れるものかもしれぬ

プールには雨降りながら雨にのみ体は濡れてゆくここちする

換気扇戸外の風の勢いにまわりたり空がちらちらと見ゆ

ほうたるのひかり追いつつ聞くときにルシフェラーゼは女の名前

『北部キャンパスの日々』二〇〇二

ああそうか日照雨《そばえ》のように日々はあるつねに誰かが誰かを好きで

ヤドリギは木の結び目となりにしを淡く凝《こご》りてやさしくありぬ

ポケットの中身を出しぬそののちに君は私にコートを貸しぬ

思いきることと思いを切ることの立葵までそばにいさせて

この町の君にまつわる場所たちを園丁のように見まわるだろう
試験管のアルミの蓋をぶちまけて　じゃん・ばるじゃんと洗う週末
抗体用のウサギに草を食ませいき戻らぬ日々とはこういうことだ
疎林には光の逃げ場なきゆえにまぶしきものがぶつかりあえり
一本の廊下が西陽におぼれそう人は白衣のまままぎれそう
うつくしき胸鎖乳突筋をもて人はいくどか振り返りたり
第三版でわれは学びぬ旧版となりても夏には昼顔が咲く

『ぼんやりしているうちに』二〇〇七

一首鑑賞

人はみな馴れぬ齢を生きているユリカモメ飛ぶまるき曇天

初めてこの一首に触れたとき、確かにそうだ、と胸の奥で小さな鐘が鳴った。誕生日が来れば必ず人は一つ年を取り、その人の新しい年齢を生きていくことになる。それが自明のこととして受け止められているが、実は誰もみな平等に必ず未経験で、未知の時間を生きる不安と共にあるのだ。現在五歳のあの子も、四五歳のあの人も、八〇歳のあの方も、「馴れぬ齢」を懸命に生きているのだと思うと、ひときわいとおしく思えてくる。その心境を投影するかのような下の句の情景が絶妙。日常は、ほとんどが晴天でもなく雨でもない、ぼんやりとした曇天なのだ。こんなもんじゃないですかあ、と歌っているようなのんきなユリカモメに癒され、「まるき」という言葉の余韻にしばらく浸る。（H）

中山《なかやま》 明《あきら》

猫、1・2・3・4
（遊星舎）

一九五九年生まれ。一九八〇年に「炎祷」で第23回短歌研究新人賞を受賞。「詩歌」にて前田透に師事し、前田没後の一九八四年に「かばん」創刊に参加。同年、第一歌集『猫、1・2・3・4』を出版。一九八九年第二歌集『愛の挨拶』。一九九六年にオンライン歌集『ラスト・トレイン』を公開、短歌と別れを告げた。

『猫、1・2・3・4』一九八四

寝ころびて午後のうさぎを待ちてゐるアンニュイをほそき雨は埋めつ
幻の駱駝を飼へば干し草のごとく時間は食はれゆくなり
とほく聴く四声《しせい》のカノンいづこよりまじりきたれる一声ありき
月を見る平次の腰にくろがねの〈交換価値〉の束はゆれをり
サリエリのこころをおもふ　チェンバロに俯《うつぶ》して哭く男のこころ
ペルシアンブルーに織りいだす絨毯　海知らざれば海より碧く
わたくしはわたくしだけの河に行く　ゆめのほとりのきみに逢ふため

『愛の挨拶』一九八九

かなしみにおぼれるやうにたしかめるやうにあなたの掌《て》に触れてゐる
ひぐらしが鳴くまで　きみに初めてのながい唇づけをしてしまふまで
しあはせはクロマニヨンのむかしから「来るなら来い！」といふ仁王だち
をみなとふにがきうつはにしろがねのみづなみなみとあふるるらしも
歳月は餐をつくして病むもののかたへに季節《とき》の花を置きたり
驢馬の子は驢馬にうまれて　アンダンテ・ポコ・アンダンテ　あゆむほかなし

あの夏の記憶の路のつれづれに振り向けば空を裁る縦走路
かがやいてゐるのはいつか生意気なあなたがひとりでむかふ稜線
新雪がふりつむやうにほうほうと夜にはきみのかなしみがふる
ありがとうございました　こんなにもあかるい別れの朝の青空
かきつばたきけんな恋のつれづれに花の穂ひとつたづさへゆかむ
さくらばなおとなになればふんわりとわすれてしまふいくつかのこと
もうそんなに薬を飲むのはやめなさい　こんなしづかな星たちの夜に

オンライン歌集『ラスト・トレイン』一九九六

一首鑑賞

ひぐらしが鳴くまで　きみに初めてのながい唇づけをしてしまふまで

ひらがなやリフレインを生かし、独特のゆったりとしたリズムで親しみ深い口語を、実に軽やかかつ鮮やかに短歌の定型にのせる。読後は、しっとりとした重みが残る。なんて特別な言語感覚だろうか、と作歌をはじめてまもないころに感心しつつ何度も読み返した。夏の陽が傾いてきたころ、ふいに鳴き始めるひぐらし。「まで」という語があることによって、その場に継続して存在していたということが感じ取れる。「きみ」とは、今日一日一緒にいて夕暮れの中でようやく初めてのキスができたということだろう。繰り返される「まで」のあとには「一緒にいたのだなあ」という感慨が省略されているのだろう。二句目の途中に一字空けを入れる、大胆な構図が斬新。（H）

西田政史《にしだまさし》

一九六二年岐阜県生まれ。「The Strawberry Calendar」で第32回短歌研究新人賞次席。「ようこそ！猫の星へ」で第33回短歌研究新人賞受賞。一九九三年第一歌集『ストロベリー・カレンダー』、二〇一七年第二歌集『スウィート・ホーム』出版。

ストロベリー・カレンダー（書肆季節社）

ピザパイの中にときどきG#7があり噛みくだけない

恋人と猫の欠伸のひるさがり一行置きに読む『ハムレット』

少年よEvergreenを知ったのは――雨ダ！雨デスザブザブザブ

憂鬱はわりに好きだよなまぬるいピクルスに似たところもないし

放りたる檸檬また掌に戻るまでそのときの間を「青春」と呼ぶ

何かきみに話さむとしてアメリカのGreyhoundとふバスを思ふ

花崗岩のなりたちなども言ひ終へて薄着のきみのかなしみに触る

蟬ひとつ鳴けばみな鳴く壮年はいかなる一日《ひとひ》よりはじまらむ

こののちの数億年を思ふときいちごの味の唾液湧き来る

『ストロベリー・カレンダー』一九九三

水槽にグッピーの屍のうかぶ朝もう空虚にも飽きてしまつた

世界よりいつも遅れてあるわれを死は花束を抱へて待てり

武器をとり闘ふひととなることのふつと現実めいて　万緑

雪の夜の底にふたつの種子があるひとつは妻であり夏の花

『スウィート・ホーム』二〇一七

かの夏に昼顔ほどの破綻ありひぐらしの声毀れむばかり

歌つてよ愛のことばを日本国憲法前文いのりのごとく

いまきみを濡らすひかりは二億年はしやいだことがない秋の月

争つて駆け下りる坂いもうとが夕陽のやうに追ひかけて来る

ペダル踏んで下る坂道ありし日の父の痛みを追ひ越すために

ぼくを産んだひとを愛してゐたひとが先づ失はれそののちの夏

十二月生まれの母のみる夢とぼくらのとほき死に革命を

歌集未収録

一首鑑賞

水槽にグッピーの屍のうかぶ朝もう空虚にも飽きてしまった

小さな熱帯魚グッピーは色が美しく、複数飼育も多い。いわば室内のインテリアであり、ドラマや映画では中流以上の暮らし向きや都会性を示す記号ともなる。ただ、生きものである以上、その生命はコントロールできない。「屍《し》」は死体という具体物も死という概念もあらわしているが、そんな冷厳な事実すら生活のひとこまとして過ぎてゆく。悲劇性が失われた状態を、時代を、「空虚」と呼ぶのだろうか。生活の洗練、あたらしい朝、愛、それらの虚しさにおぼえる倦怠感を存在の証と感じる世代の像がここにある。虚しさにすら飽きてしまっても、なお飽きる対象が存在するかぎり、生は続く。実のところ、充たされたいという強い願いのもとに。（S）

野《の》口《ぐち》あや子《こ》

くびすじの欠片
（短歌研究社）

一九八七年岐阜生まれ。「未来」所属。「カシスドロップ」にて第49回短歌研究新人賞受賞。歌集『くびすじの欠片』にて第54回現代歌人協会賞受賞。変身譚をテーマにした歌集『かなしき玩具譚』ほか、共著では詩人・三角みづ紀との電子書籍『気管支たちとはじめての手紙』がある。またフランスで短歌朗読を行うなど、朗読にも力を注いでいる。

セロファンの鞄にピストルだけ入れて美しき夜の旅に出ましょう
ふくらはぎオイルで濡らすけだものとけものとの差を確かめるため
真夜中の鎖骨をつたうぬるい水あのひとを言う母なまぐさい
くびすじをすきといわれたその日からくびすじはそらしかたをおぼえる

『くびすじの欠片』二〇〇九

野口あや子。あだ名「極道」ハンカチを口に咥えて手を洗いたり
両腕でひらくシーツのあかるさではためかせている憎しみがある
精神を残して全部あげたからわたしのことはさん付けで呼べ
青空に飛行機雲が刺さってるあれを抜いたらわたしこわれる

『夏にふれる』二〇一二

身長がもう伸びぬその代償にきみという語を貰いうけたり
ひとごとめいてみずからのこと語るとき翳るであろう顎のかたちだ
するまえに検索をして一番上にでてくる名前で抱きしめていて
相聞に眉をしかめる男いてそのひとの眉ほとほと野蛮
苺ジャム、こんなにおいしいものはない　あなたの髪に塗ってあげたい

『かなしき玩具譚』二〇一五

頑張ってる女の子とか辛いからわたしはマカロンみたいに生きる
交接のさなか聞こえるすずのおと　わたしはほかの星から来たの
風呂敷ひとつ病葉ひとつで嫁ぎたりうすうすと夜は鍋をあらえり
生活ありこまごま包めばせつなくてせつなくて飛ぶしらとり十羽
アネモネアネモネ顔を上げたらその口にアネモネを活けているような愛
うなじから裂けばゆっくりあふれ出る都ありけり、戦場である
東洋のようなほのかな灯をかかげわたしをそこへ呼べば行こうが

『眠れる海』二〇一七

一首鑑賞

野口あや子。あだ名「極道」ハンカチを口に咥えて手を洗いたり

作者が自分の名を詠みこんだ歌はいくつもあり、自身をおもしろおかしく見せたり、内なる他者として描いたりと場合により効果は異なるが、どの歌も自分とはどんな存在かという問いをはらむ点は共通している。この歌は「野口あや子」が他人にどう見られているかを述べているが、他人といっても自分にあだ名をつけるような人々、つまり友人や同級生たちが呼ぶ「極道」であるから、真に素行が悪いわけではあるまい。「野口あや子」がこのあだ名をどう感じているかは書かれないものの、ハンカチを扱う所作は手ぎわがよく、かつ周囲の視線を気にしない態度に見える。「極道」イメージをあえて引き受け、他人との距離を見さだめようとする。そんな自己のあり方を指さす歌といえよう。（S）

服部真里子《はっとりまりこ》

行け広野へと
（本阿弥書店）

一九八七年神奈川県生まれ。早稲田短歌会、同人誌「町」の結成と解散を経て、未来短歌会に所属。第24回歌壇賞受賞。第一歌集『行け広野へと』（二〇一四年、本阿弥書店）にて、第21回日本歌人クラブ新人賞、第59回現代歌人協会賞。

三月の真っただ中を落ちてゆく雲雀、あるいは光の溺死

はつなつの光よ蝶の飲む水にあふれかえって苦しんでいる

人の手を払って降りる踊り場はこんなにも明るい展翅板

花降らす木犀の樹の下にいて来世は駅になれる気がする

あなたの眠りのほとりにたたずんで生涯痩せつづける競走馬

雪は花に喩えられつつ降るものを花とは花のくずれる速度

花曇り　両手に鈴を持たされてそのまま困っているような人

駅前に立っている父　大きめの水玉のような気持ちで傍《そば》へ

春だねと言えば名前を呼ばれたと思った犬が近寄ってくる

音もなく道に降る雪眼窩とは神の親指の痕だという ね

野ざらしで吹きっさらしの肺である戦って勝つために生まれた

明晰さは霜月にこそさびしけれスレイマーン、またはソロモン

光にも質量があり一輪車ゆっくりあなたの方へ倒れる

『行け広野へと』二〇一四

海蛇が海の深みをゆくように　オレンジが夜売られるように
少しずつ角度違えて立っている三博士もう春が来ている
残照よ　体軀みじかき水鳥はぶん投げられたように飛びゆく
幸福と呼ばれるものの輪郭よ君の自転車のきれいなターン
ピアノには翼しかない　磨りガラスごしに朝陽のさす非常口
新年の一枚きりの天と地を綴じるおおきなホチキスがある
エレベーターあなたがあなたであることの光を帯びて吸い上げられる

一首鑑賞

少しずつ角度違えて立っている三博士もう春が来ている

三博士といえばふつう、生まれたばかりのイエス・キリストのもとを訪れ拝したという賢者たちを指す。クリスマスから十二夜を経た一月六日のできごととされ、キリスト教では重要な祝日である。西洋の古い絵画で見る故事のイメージがあるが、ここで描写されているのは教会に飾られたジオラマ（場面を模した立体展示）だろうか。少しずつ違う方向に向けて置かれた素朴な人形が思い浮かぶ。一月六日は日本では松の内に当たり、キリスト教の習慣にそって日本で暮らす人々には、西洋と東洋の暦が交差するように感じられる季節かもしれない。博士たちは東方からやって来た。春は、どちらから来るだろう。「もう」の勢いが楽しい。（S）

花山周子《はなやましゅうこ》

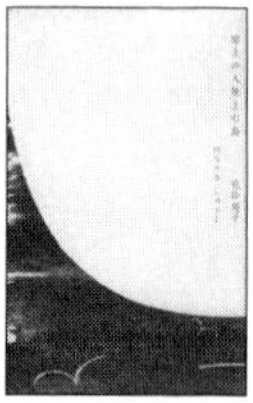

屋上の人屋上の鳥
（ながらみ書房）

一九八〇年東京都生まれ。一九九九年塔短歌会に入会。歌集に『屋上の人屋上の鳥』（ながらみ書房）、『風とマルス』（青磁社）。現在、塔短歌会、同人誌「豊作」、「[sai]」に所属。二〇一七年より今橋愛と「主婦と兼業」をはじめる。

春の風は不安になると母が言い血が漲《みなぎ》るとわれの言いおり

『屋上の人屋上の鳥』二〇〇七

雪の夜《よる》の小学校の校門にしばらく立って家に帰り来《く》

どうやったら金持ちになれるのだろう朝焼けが空を知らない色にしている

カーテンにうつる夕映え揺れている舌打ちをすれば秋は深まる

仰向けば忽《たちま》ちのぼる陽炎《かげろう》にガラス玉の中の夏と思えり

声を台風に飛ばされながら笑う友　背後はやけに広々として

友達は私のいないときの私の自画像を怖いと言うなり

煙草の火点々とつく宵の口しゃがみてわれは海を食べたり

私に想われてどうするつもりの人ならむ電柱のように夏に立ちいる

傘させば雨は明るさもちて降るさくらの青にけやきの青に

『風とマルス』二〇一四

針葉樹の暗さのもとに立つ霜を踏みしだくなよ、そこの子供ら

耳立てて自転車に乗る寒い日の寒がるために耳は立ちたり

どうしても君に会いたい昼下がりしゃがんでわれの影ぶっ叩く

わが脳が静かに夢を紡ぎいる自給自足の時間を愛す

降り方の抑揚を窓から見ていればその雨の中に人交じり来る

想像力が足りない故にここに君を再現できぬ故にかなしい

口笛を吹いて遠くに飛ばされる音を見ていつ顔尖らせて

失くしてはカラスのように手に戻る黒いカシミアのカーディガン

鴨の子が思い思いに動きおり水のながれを複雑にして

月がきれいなほどに寒くて光る目で友と笑いぬ冬空の下

一首鑑賞

私に想われてどうするつもりの人ならむ電柱のように夏に立ちいる

「あの人も私を想ってくれるだろうか」ではなく、「私に想われたあの人はこれからどうするだろう」という問い方がユニークである。投げたボールがどちらからどんな速さで返ってくるのか、こないのか、不安と好奇心混じりに観察しているような口ぶりだ。恋する相手に対して、という以前に、恋することそのものへのとまどい、ためらいもありそうで、若さとは心もとないものであると思わされる。「電柱のように」立っている人物は構文上「私」とも「人」ともとれるが、見た目の比喩であるなら、ひょろりと背の高い後者の姿を思い描くのが自然だろう。まだあまり熱くない二人は、それでもたしかに「夏」のさなかにいる。（S）

花山多佳子《はなやまたかこ》

樹の下の椅子
（橘書房）

一九四八年東京都生まれ。歌集に『樹の下の椅子』『草舟』（第2回ながらみ現代短歌賞）、『空合』（第9回河野愛子賞）、『木香薔薇』（第18回斎藤茂吉短歌文学賞）、『胡瓜草』（第4回小野詩歌文学賞）、『晴れ・風あり』など。歌書に『森岡貞香の秀歌』。

夕映えはとおくに兆し水たまるふちに桜花のこびりつきたり
『樹の下の椅子』一九七八

しかたなく洗面器に水をはりている今日もむごたらしき青天なれば

子を抱きて穴より出でし縄文の人のごとくにあたりまぶしき
『楕円の実』一九八五

ひとふさの葡萄を食みて子のまなこ午睡ののちのひかりともり来

炎天の見知らぬ道をゆく夢のとある家吾子の靴干してある

河原べの穂草の中に抱き降ろすウサギは他のウサギを知らず
『草舟』一九九三

黒胡麻の一つ浮きたる牛乳というもの見たり夜のテーブルに

かの人も現実《うつつ》にありて暑き空気押し分けて来る葉書一枚
『空合』一九九八

いさかひの声よりさびし弟と姉の口笛とほくに揃ふ

プリクラのシールになつて落ちてゐるむすめを見たり風吹く畳に

青嵐ふく夕まぐれ路地の口より鮫のあたまが出かかつてゐる
『春疾風』二〇〇二

落ちたるを拾はむとして鉛筆は人間のやうな感じがしたり

夕空に高く帽子を投げ上げよ蝙蝠がつられて落ちてくるゆゑ
『木香薔薇』二〇〇六

大根を探しにゆけば大根は夜の電柱に立てかけてあり

つぎつぎに「おじやましました」と言ふ声の聞こえて息子もゐなくなりたり

並み立てる冬の欅の梢《うれ》けぶり真横につらぬきゆく鳥のかげ

ふうせんがおもい　ふうせんがおもいと泣いてゐる子供はしだいに母に遅れて

『胡瓜草』二〇一一

夕風はにはかに出でて水平につくつくほふしのこゑ流れたり

筆談をせむと思へどリア王のごとくに父は目を閉ぢてをり

ことごとく生きてゐる人、生きてゐる人だけがどつと電車を降りくる

『晴れ・風あり』二〇一六

一首鑑賞

かの人も現実《うつつ》にありて暑き空気押し分けて来る葉書一枚

花山作品を読むと、生と死、現在と過去、人と人ではないもの、存在と不在等々、この世界に偏在するあらゆる境界線がぼやけ、現実のなんでもない風景が渾沌としてくる。世界がふくらんでくるような独特の豊かさがやみつきになる。この一首も、エピソードとしては暑い夏の日に一枚の葉書が届いた、というだけのことである。しかし、その日は格別暑かったのだろう。「押し分けて来る」の語に、熱気と格闘しながらやってきた葉書への思い入れが感じられる。それはそのまま、差し出した人への想いに通じる。ああ、この人も今この暑い国のどこかに生きているのだなあ、という感慨。「現実《うつつ》」という語が、その際にある死を顕在化し、生の危うさを浮き彫りにしている。

（H）

馬場《ばば》あき子《こ》

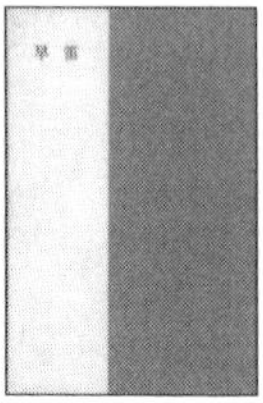
早笛
（まひる野会）

一九二八年東京生まれ。一九四七年「まひる野」入会。一九七八年「かりん」創刊。歌集『桜花伝承』『阿古父』『世紀』『渾沌の鬱』など二十六冊。著書に『式子内親王』『鬼の研究』『風姿花伝』『日本の恋の歌』『百人一首』他に『馬場あき子全集』十三巻がある。受賞は迢空賞、讀売文学賞、毎日芸術賞、朝日賞、現代短歌大賞、日本歌人クラブ賞など。

ほぼつひの抵抗体としてのこる吾れといふこの笑止なるもの　『青い夜のことば』一九九九

馬に乗りけりその大きさとやさしさの手より心にしみ入るやうな

乗りちがへたり眼ざむれば大枯野帰ることなきごとく広がる

蛇に呑まれし鼠は蛇になりたれば夕べうつとりと空をみてゐる　『飛天の道』二〇〇〇

鯨の世紀恐竜の世紀いづれにも戻れぬ地球の水仙の白　『世紀』二〇〇一

かの青き光何ぞと問ふ雛に露と答へて機器ともるなり　『九花』二〇〇三

使ひ捨てのやうに手荒く住んでゐる地球さびしく梅咲きにけり

庭の芭蕉立つて冬越すさびしさに舟のごと大き一葉うたはす　『ゆふがほの家』二〇〇六

ぱさと散る大きなる葉のよい香り柏の葉だよと犬に教ふる

人柄は人格よりもなつかしく木犀の香がしてゐるゆふべ

鷺娘に雪降り瀕死の白鳥に雪降りわれにも雪が降りそむ　『鶴かへらず』二〇一一

きみは赤絵の茶碗にしろき朝粥をわれは奈良絵の茶碗の茶漬　『あかゐあをゐ』二〇一三

ぼうたんは大壺に咲きしづまりぬ卑弥呼坐《いま》すがごとしはつなつ

ふたたびの余震をさまりて点す卓人間が火を得し夜の深さに
住みながらこの国だんだん遠くなるてんじんさまのほそみちのやう

『記憶の森の時間』二〇一五

滝は暗き淵をもつなり激《たぎ》ちたるのちのさみしき淵をもつなり
うすきグラスに松の香の酒みたしたり八十葉《やそは》影さすふたり正月
こんとんにこんとんの鬱こんとんの怒りありいとかなし渾沌

『渾沌の鬱』二〇一六

秋闌《た》けて拾ふ木の実は何々と数ふれば寒ししだいにひとり
あんのんと七〇年もあんのんと生きてきぬ九条よさうだつたのだ

一首鑑賞

住みながらこの国だんだん遠くなるてんじんさまのほそみちのやう

「てんじんさまのほそみち」は古謡「通りゃんせ」の一節。この国に長く住み続け、歌人は憂いを感じている。人々の生活を不当に縛る法案、政治家の汚職、こじれにこじれた他国との関係……。歌人として日本語を愛し、歌こそがこの国の文化のもとだと信じ、歌の道をまっすぐに歩んできた。それなのに、この国はだんだん自分とは遠い存在に思えるようになってきた。私の愛した国は、今のこの国ではない。不安な気持ちをかかえて細道を行く「通りゃんせ」の歌が胸にしみる。国のあり方や政治をズバリと批判するのではなく、自らの違和感や心細さを古謡に重ね合わせてやんわりと表現する。それとともに、この国の行く末が苦難の道であることもほのめかしている。（C）

早川志織《はやかわしおり》

種の起源
（雁書館）

一九六三年東京都生まれ。一九八六年東京農業大学卒業。一九九二年角川短歌賞次席。一九九三年『種の起源』刊行。翌年同書により第38回現代歌人協会賞受賞。他に歌集『クルミの中』『早川志織集』（セレクション歌人）。

『種の起源』一九九三

街角のカーブミラーの青空を金色の蜂ひとつが過ぎる
今日われはオオクワガタの静けさでホームの壁にもたれていたり
傾けて流す花瓶の水の中　ガーベラのからだすこし溶けたり
木曜の夕べわたしは倦怠を気根のように垂らしてやまず
ウミウシの突起のように濡れながら午後の浜辺にわたしは屈む
シャンプーの香りに満ちる傘の中　つぼみとはもしやこのようなもの
金色のウイスキイ舐める夜の隅でコオロギたちが水を吸う気配
自らがアキノキリンソウと呼ばるるを黄の花たちは知らず光れり
カメレオンと樹の関係を想う午後ひとりのからだやさしくなりぬ
切り落とす百合の茎より水はあふれ何だろう甘いこの胸さわぎ

『クルミの中』二〇〇四

夕暮れの川原の道を駆けてくる息のにおいは犬か、男か
ダビンチに描かれたなら　精密な遊具であろうわたしのからだ
指さして子にものの名を言うときはそこにあるものみなうつくしき

草の種子こぼれていたり「殖えながらわたしはすこし遠くへ行く」と

胸をはだけ子を待つときに明らかに乳房は世界を感じていたり

キリンの絵指して「キリン」と教えれば「キイン」と応え素晴らしく笑む

立ってごらん、人間の子はこうやって二本の足で世界を歩く

自転車を漕ぎながら知る横浜は海に向かって低くなること

わたくしは子を生みて良き力得て空響かせて布団を叩く

あれがあなたの子かと聞かれて頷けばナンキンハゼがこぼす白き実

一首鑑賞

傾けて流す花瓶の水の中　ガーベラのからだすこし溶けたり

活けた花を長もちさせるため、花瓶の水を換える。水はやや濁っているようにも思える。水に浸かっていた茎の下部は、組織の崩れや菌の繁殖により、いくぶんぬめっている。その感触を「すこし溶けたり」と表現した。つまりガーベラの一部は水に混じって世界へ流れ出ていったことになる。ここで「からだ」とあるのは、一種の擬人化である。ガーベラは他の花にくらべて形状がなるほど人体に近い。人体の一部が流れ出ていったと考えると、ちょっとホラーめいてもいるが、落ちついた詠みぶりにはむしろ安らぎが感じられる。自分の体の一部が世界と溶けあい、遍在し、自然の循環サイクルに乗るという空想。スケールの大きな陶酔と官能がある。（S）

早坂《はやさか》 類《るい》

風の吹く日にベランダにいる（河出書房新社）

一九五九年山口県生まれ。第31回短歌研究新人賞次席。一九九〇年度現代詩ユリイカの新人（選・吉増剛造）、第一歌集『風の吹く日にベランダにいる』、写真短歌集『ヘヴンリー・ブルー』（写真／入交佐妃）、小説『ルピナス』、歌集『黄金の虎／ゴールデンタイガー』、細江英公写真集「花泥棒」（詩を提供）、短編小説集『自殺12章』（窓社）など。青木景子名義での詩集数冊あり。創作の遊び場『RANGAI』主宰。

かたむいているような気がする国道をしんしんとひとりひとりで歩く
ぼんやりとしうちを待っているような僕らの日々をはぐらかす音楽《おと》
海からの風みたいだなごうごうと通過電車に吹かれてみんな
朝顔のつるはもつれてそのまんま僕らの夏の裏庭にある
ゲームセンター跡地でちょっと彼女らが靴下留めをひっぱった夏
しらじらという空の様子は死んでゆく肉の臭いにすこし似ている
ほんとうはありとあらゆるひとたちが僕はしんじつ好きでした
そしていつか僕たちが着る年月という塵《ちり》のようなうすいジャケッツ
十八歳の聖橋《ひじりばし》から見たものを僕はどれだけ言えるだろうか
それだけのことに僕らは生きていてたかが日記に百冊の生
僕たちは百年おきの道ばたで片輪のように出会おうよ猫
ふかぶかと座れぬイスを捨てにゆく夢からさめて生きている朝
清らかにボタンを留めるひとつまたひとつひとつを祈りのように

『風の吹く日にベランダにいる』一九九三

そこかしこ磁気の乱れのある部屋で生きながらえてしまえ僕よ
ささやかな異質は銀のセスナから僕の地下へと注《そそ》がれている
一室の現世樹林に食器類　そらその闇がわからないのか
ひろびろと僕らの彼方《かなた》に生きているジャングルの虹ジャングルの虹
空千里ほろんだものが吹くような風の過去世《きおく》に僕はいますか
生きたかった世界が不意に燃えあがる幾億の生　幾億の波
予備のもの何も持たずに行くとする　この先、未踏　この先、未明

『黄金の虎／ゴールデンタイガー』二〇〇九

一首鑑賞

海からの風みたいだなごうごうと通過電車に吹かれてみんな

「みたいだな」ということは、海辺にいるわけではない。踏切のそばとも考えられるが、おそらく駅の構内だろう。電車が通過しますというアナウンスののち、駅のホームがにわかに堤防に変わるような幻視におそわれる。ホームに並んで立つ「みんな」の心が風圧にさらされることでつながるかといえば、そんなことはない。個の集まりとしての「みんな」は、電車が過ぎても個のまま残る。ただ、「ごうごうと」と表現される荒々しい音と肌触りが、人をとりまく世界の厳しさ、遠さに「みんな」の意識を向けさせたかもしれない。ざらついた口語のうちに、卑小な存在である人間たちがその孤独によってのみ、逆説的に共鳴するひとときをとらえている。（S）

林《はやし》　あまり

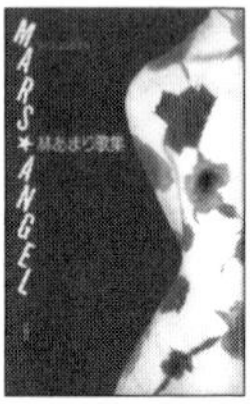
MARS ☆ ANGEL
（沖積舎）

一九六三年東京都生まれ。歌人・演劇評論家。高校時代に寺山修司、前田夕暮の作品に出会い、成蹊大学文学部日本文学科に入学。前田透主宰「詩歌」に所属、透死去による解散まで所属。在学中にマガジンハウス「鳩よ！」でデビュー。坂本冬美「夜桜お七」他、作詞も手がける。

きょう会ったばかりでキスは早くない？
　ヤヨイ・トーキョー春花咲きて　『MARS☆ANGEL』一九八六

第一条　口紅の色への口出しは
　「俺の女」の意識の始まり

くっついて歩く男も梅雨空も
　叩きのめしてすやすや眠る

ひとり歩く欅並木の向こう側
　誰かがやっぱりひとりで歩く

待降節《アドベント》ひと月はやく訪れる
　降誕劇の脚本書く日に

朝日撮りに出かけていったの、兄
　そういえばあなたも立ちあがる気配

今晩のＭＡＲＳ・ＴＨＥＡＴＥＲ
　だしものは「卵の楽園」でかけましょうか

とびこんでわたしコーヒーあなたパフェ
　ジュピター通りのさかさまカップル

「ぼくネ」を「俺さ」とあわてて言いかえる
　〈男の美学〉は似合わないのに

ネクタイを一瞬に抜く摩擦音
　男の首は放熱しはじむ

生理中のFUCKは熱し
　血の海をふたりつくづく眺めてしまう

赤い鼻緒きれた夢など紡ぎつつ
　お七いつまで春をうとうと

緋のじゅばん備えつけたるホテルにて
　マッチ擦りたし今宵のお七

街ほども魅きつけられぬと知らされて
　置いてけ堀をけとばすお七

死にはしない、狂いもしないと
　ふかくふかく信用される女ではある

さくらさくらいつまで待っても来ぬひとと
　死んだひととはおなじさ桜！

なにもかも派手な祭りの夜のゆめ火でも見てなよ
　さよなら、あんた

どしゃ降りに芝居の切符を買いにゆく
　せめてひと夜の居場所予約に

「みづうみ」の表紙を噛めば
　うしろから抱きしめられて花びらの降る

性交も飽きてしまった地球都市
　したたるばかり朝日がのぼる

一首鑑賞

さくらさくらいつまで待っても来ぬひとと
死んだひととはおなじさ桜！

この歌を読んで、坂本冬美の歌う「夜桜お七」を思い出す人も多いだろう。もともとこの一首を含む連作から派生したヒット曲だったのである。この歌は、多くの人の心を捉えるだけの迫力と普遍性がある。「さくら」のリフレインは、とめどなく散っていく桜の花のイメージと響きあい、失恋の悲しみとも呼応する。普遍的で叙情的な気分からの二行目の展開は、たいへん潔い。失恋の未練を断ち切るような力強さで自分自身を説得し、鼓舞していくようで、とても気持ちがいい。こんなにもエクスクラメーションマークが似合う歌を、他に知らない。初句ではひらがなだった「さくら」が、漢字の「桜」に変化したことも、気持ちを切り替えて前を向こうとする強い心を可視化させている。（H）

東《ひがし》　直子《なおこ》

春原さんのリコーダー
（本阿弥書店）

一九六三年広島県生まれ。一九九六年第7回歌壇賞受賞。二〇〇六年『長崎くんの指』で小説家としてデビュー。二〇一六年『いとの森の家』で第31回坪田譲治文学賞受賞。歌集『東直子集』『十階』、小説『とりつくしま』『晴れ女の耳』、評論集『短歌の不思議』、エッセー集『七つ空、二つ水』など著書多数。絵本や童話、イラストレーションも手がける。新鋭短歌シリーズ第1期より監修。

おねがいねって渡されているこの鍵をわたしは失くしてしまう気がする

『春原《はるはら》さんのリコーダー』一九九六

廃村を告げる活字に桃の皮ふれればにじみゆくばかり　来て

てのひらにてのひらをおくほつほつと小さなほのおともれば眠る

そうですかきれいでしたかわたくしは小鳥を売ってくらしています

ママンあれはぼくの鳥だねママンママンぼくの落とした砂じゃないよね

『青卵《せいらん》』二〇〇一

好きだった世界をみんな連れてゆくあなたのカヌー燃えるみずうみ

アナ・タガ・スキ・ダ　アナ・タガ・スキ・ダ　ムネ・サケル　夏のロビンソン

遠くから来る自転車をさがしてた　春の陽、瞳、まぶしい、どなた

永遠に忘れてしまう一日にレモン石鹸泡立てている

泣きながらあなたを洗うゆめをみた触角のない蝶に追われて

『愛を想う』二〇〇四

中央線、南北線に東西線、どこへもゆけてどこへもゆかず

ひと匙のマーマレードの安らかさ少し焦げ目を与えたパンに

『十階』二〇一〇

ときどきは名前を変えて呼んでみる　カケル、タカトシ、シズク、水鳥

浮いてくる魚にうすい膜そえる　どんな気持ちと訊かれる気持ち
ひとつきりの身体を濡らし走り抜きコンリンザイが胸に鳴りだす
あたまから冷たい水をかけあった姉妹はどんな遠くへ行くの
息をするかたまりとして目を開けて靴を履くとき人間である
姓名の響き「はい」と立ち上がる卒業生も過去の時間も
感情の置き場所だけは奪われぬ言葉はずっとずっと一緒だ
落としたら一度洗って陽に干して　もとのかたちにもどれなくても

歌集未収録

一首鑑賞

好きだった世界をみんな連れてゆくあなたのカヌー燃えるみずうみ

「好きな世界」ではなく「好きだった世界」である。あなたは自分の人生の中で独自の世界観を持つようになり、今、カヌーに乗り込む。あなたという一人の人間の中には、あなたの好きだった世界がみんな宿っているのだ。そんなかけがえのないあなたは、小さなカヌーの真ん中に魂を納めるかのように身を置き、この場を去ろうとしている。歌のなかには書かれていないが、あなたに思いを寄せる私は、あなたを愛するのと同じように、あなたの「好きだった世界」も愛していたのだろう。あなたとともに、私の好きな、その世界も去ろうとしているのだ。あとには私の世界だけが残される。生命が燃えているような夕焼けが二人を包み、湖面を照らしている。（C）

平井《ひらい》 弘《ひろし》

例えば　羊のようかもしれぬ草の上に押さえてみれば君の力も
空に征きし兄たちの群わけり雲わけり葡萄のたね吐くむこう
兄たちの遺体のごとく或る日ひそかに村に降ろされいし魚があり
脛すこし淫らなるまで踏みいれて苺狩るおぼつかなき妹は

『顔をあげる』一九六一

感じやすき死者たちがまた騒ぐゆえ顔あげる並びくる靴音に
あね姦す鳩のくくもる声きこえ朝からのおとなたちの汗かき
子をなさず逝きたるもののかず限りなき欠落の花いちもんめ
男の子なるやさしさは紛れなくかしてごらんぼくが殺してあげる

『前線』一九七六

ひぐらしの昇りつめたる声とだえあれはとだえし声のまぼろし
水に移す火を囲いしはおんならの手にそえる手のあまた　幻
はづかしいから振りまはした花のやうに言ひにくいことなんだけど
園遊やとつぜんですがお招きの方《かた》よりなにかおほくありません
聴きゐるは雨にうたれる物のおとあめは己れの音とふをもたず

『振りまはした花のやうに』二〇〇六

顔をあげる
（不動工房）

一九三六年岐阜県生まれ。『顔をあげる』（一九六一年）、『前線』（一九七六年）、『振りまはした花のやうに』（二〇〇六年）と、長いインターバルで歌集を出す。その間は作歌活動を休止する。『顔をあげる』での口語の使用などの文体試行は、現代の若い世代の歌に影響を与えた。また、「戦死した兄」を虚構したことでも注目された。

ゆふ燕の影かはほりとすりかはるひりひりとして時のうすかは
斃されたもののちかくで草を食べるわたしでもさうするだらうが
拾はうとしてめうがの花とわかつたときなんねんなくしたのだか
ねえむうみんこつちむいてスコップのただしいつかひかたおしへます
このさき石を投げることがあるだらうかたまたま落ちてゐたとして
聴こえなくなつてとりのこされたとき笛はじぶんたちが吹いてゐた
用のすんだものからゐなくなつて大きさでいへば雀のじかん

歌集未収録

一首鑑賞

男の子なるやさしさは紛れなくかしてごらんぼくが殺してあげる

「男の子なるやさしさ」とは、どんな優しさだろう。気が優しいので虫か何かを殺しかねていて、父親の「ぼく」が代わりに殺そうと話しかけた。たとえばそういう親子の物語も作れるが、何を貸すよう促しているのか、何を殺そうとするのか明記されないため、場面のヴァリエーションはいくつも考えられる。死にかけた小動物を楽にさせようとしているとか、戦場や殺人現場でとどめを刺すところとか——。あるいは「男の子」と「ぼく」は同一人物で、「殺してあげる」ことが男の子ならではの優しさであるのは紛れもないと、第三者が見解を述べているのか。あいまいな話し言葉の内に、罪を共有する甘さと苦さが満ちてやまない。（S）

福島泰樹《ふくしまやすき》

バリケード・
一九六六年二月
（新星書房）

一九四三年東京市下谷区に生まれる。一九六九年、歌集『バリケード・一九六六年二月』でデビュー。歌謡の復権を求めて「短歌絶叫コンサート」を創出、国内外一五〇〇ステージをこなす。『福島泰樹全歌集』（河出書房新社）など九十点。二〇一七年、第三十歌集『下谷風煙録』（皓星社）を刊行。毎月十日、東京吉祥寺「曼荼羅」の月例短歌絶叫コンサートも三十二年を数える。

追憶は雲となりてなやましく漂う霧の彼方よりくる

あかあかとガードは燃えて沈みゆく夕陽よ　省線電車はゆけり

血の匂いを滲ませていた泣いていた乳母の乳首を嚙みしこの口

瓢箪池の屋台灯りていたりけり風に白衣の　傷痍軍人

目をつむればみなもに浮かび漂える夕日のなかの赤いサンダル

三月の朝に降る雪　花のように唇にふれ溶けてゆきにき

電線に引っかかってた黒い布、弔旗となりて春来《きた》るべし

七分咲きの桜花霞んで揺れていたデモ指揮をする俺の瞼に

わが夢のあおく途切れてゆかんかな旗焼くけむり空に消えゆく

受け皿に零れた酒のありがたく五月の風が吹き荒れていた

その窓のむこうに映る人々や死はやわらかく溶けて廻れり

追憶は白い手袋ふっていた霙に濡れたガラス窓から

父の世代の青春なれば大鉄傘《だいてっさん》ピストン堀口　霧のリングよ

『下谷風煙録』* 二〇一七

＊三十番目の歌集を『下谷風煙録』と名付けた。「下谷《したや》」は東京の地名でわが在所、「風煙」は自身の亡骸を焼く煙の意である。

灰色のインバネス着て中折を目深く被り立ち去りにけり
一万試合は観てきた俺の眼窩からある日歪みて消えゆくリング
ジムの鏡に映るこの俺老いらくの　殴ってやろう死ぬのはまだか
羊水と湯灌のみずのやわらかく蕩けるように死はやってこよ
哀愁よ静かに裹《つつ》め死すまでを戦いぬきし友の頭《こうべ》を
冥府にも川は流れろ灯は点れ旗亭があれば俺が払うぞ
この俺の在所を問わば御徒町のガードに点る赤い灯である

一首鑑賞

その窓のむこうに映る人々や死はやわらかく溶けて廻れり

福島泰樹は、ボクサーであり、僧侶であり、絶叫歌人である。この三種類の肩書きは、まるで違うもののようで実は共通するものがあることを、作品が伝える。すべて痛ましい魂を想い、鎮めるための方法と結びつくからである。三十年以上続いている月例の絶叫コンサートに、私も何度か足を運んだことがある。岸上大作、中原中也、寺山修司ら、若くして亡くなった作者の遺作を、ピアノやギターの音に合わせて、哀切かつ力強く朗読する姿に胸を突かれた。これは詩歌による鎮魂だと思った。作品が絶叫される刹那、死者の魂が蘇る。この一首は、あの瞬間を濃密に思い出させてくれる。人は、死によってすべてなくなってしまうのではなく、この世のどこかに溶けて世界を廻るのだ。（H）

藤《ふじ》本《もと》玲《れい》未《み》

オーロラのお針子
（書肆侃侃房）

一九八九年東京都生まれ。「かばん」所属。歌集『オーロラのお針子』（書肆侃侃房）。

糸電話片手に渋谷ぶらついてこちら思春期はやく死にたい

あなたから生まれる前の夢をみた波打ち際の電話ボックス

オーロラのお針子たちとあんみつを食べる　春はさっくり更ける

玉乗りの少女になってあの月でちゃんと口座をつくって暮らす

人生のメニュウをひらき最初からアイスクリームにしたい朝です

天気雨　透けた果実のように世界は〇みたい　支度しましょう

人生の謎すきとおる8月の魚の骨のきれいな宇宙

東京の明かりにＢＡＮＢＡＮぶつかって青林檎まぶしくてさみしい

天上のかき氷待つひとときの曇りのち水鳥の羽ばたき

するしない／流星雨／するしない死は寝室でもう遊んでいます

これ以上あなたなしではいられない生まれる前の村を燃やして

満月に皇居廃墟を駆け抜けて君と銀河ではぐれてみたい

あのひとの干した葡萄を売りますよ遠くからきたひと好きですよ

『オーロラのお針子』二〇一四

目の前で貝の頁をめくる夏（いつか）（気付いて）（渚で）（待ってる）
この愛をやまとことばで何という抱えるひざに蝶は止まらず
活字から桜の匂いひろがって夜明けにひとりさよならの白湯
死んでいる鳥だと思う雪のなかあなたを抱いてあるく国道
つきあかり未満のきみの光源に手をいれて呼吸がちかくなる
あとがきの舟がよなかの河をゆくあちらからみて先があるのか
花言葉おそわる夜のもうおばけ探しをしない花のパ・ド・ドゥ

歌集未収録

一首鑑賞

人生のメニュウをひらき最初からアイスクリームにしたい朝です

子どものころは、食べる順番が決められていた。最初に栄養になるごはんをしっかり食べること。ごはんを残さず食べることができたら、そのあとに甘いデザートを食べていい。だが親もとを離れると、いつ何を食べてもよくなる。すべて自分で決めていいのだ。ようやく自分らしい人生が始まる。自分だけの自由な朝に、アイスクリームを食べようと思う。なんて嬉しいことだろう。自分の人生のメニユウは、今開かれたばかり。これから、好きな順番で、自分が選んだことを一つひとつやり遂げていくのだ。アイスクリームが口の中で溶けていくと、体の真ん中からきれいに生まれ変わるような気がする。手に入れたばかりの自由が、強く輝く。（C）

藤《ふじ》原《わら》龍《りゅう》一《いち》郎《ろう》

夢みる頃を過ぎても
(邑書林)

一九五二年福岡県生まれ。十九歳の時に読んだ中井英夫の『黒衣の短歌史』により、現代短歌の豊穣な世界を知る。一九七二年に「短歌人」入会。時代の刹那の陰翳を意志的に詠う。一九九〇年、第33回短歌研究新人賞受賞。歌集に『夢みる頃を過ぎても』、『東京哀傷歌』、『嘆きの花園』、『楽園』、『ジャダ』他。

ああ夕陽　あしたのジョーの明日《あした》さえすでにはるけき昨日《きのう》とならば

散華とはついにかえらぬあの春の岡田有希子のことなのだろう

ほろびたるもののバリケード、四畳半、ロマンポルノの片桐夕子

原稿用紙の反故《ほご》もてつくる紙飛行機アデン・アラビアまで届かざる

詩にやせて思想にやせて生きたしと真っ赤な嘘の花ひらく宵

『夢みる頃を過ぎても』一九八九

燃えつきて白き灰への蕩尽はジョーのみならず　のみならず今日

明日は夏至　永久《とわ》に帰れぬあの夏のヨットの真っ赤　なし崩しの死

アッシャア家なる選良の血を継ぎて花紅葉なす詩歌三昧

初期設定としての青空液晶のディスプレイから貞子は出るか

メイプルソープがリサ・ライオンを撮影し嬉し恥ずかし二十世紀ぞ

熱狂は快楽であり賜死でありマラソン・ダンスの撃たれる廃馬

アポロが月へ行ったあの頃堀辰雄「聖家族」など読みていたりき

墨堤とよぶ文学のユートピアありて壮年永井壮吉の憂鬱

『楽園』二〇〇六

予科練の名簿にスズキイチローの名はあり　来世は如何なる花ぞ

フェデリコ・ガルシア・ロルカ真夏の死はありて夕刊フジに載らざるその死

引用の織物として現在はあるあるここにＳＴＡＲＢＵＣＫＳ

キオスクで買うタブロイド永遠にやまない夜の雨が降り、降る

蟻プラス酸イコール蟻酸　病人の舌が舐めとる仁丹の粒

望郷の思いなき身は地下街の柱に凭れ、走れ！トロイカ！

荷風より安田大サーカス好むスノビズムなれ鳴き鳴く夜鳥

一首鑑賞

ああ夕陽　あしたのジョーの明日《あした》さえすでにはるけき昨日《きのう》とならば

『あしたのジョー』は高森朝雄（梶原一騎）原作、ちばてつや画の漫画である。山谷のドヤ街をさまよう不良少年だった矢吹丈が、ボクサーとなっていく物語。テレビアニメのオープニングテーマソングの作詞者は寺山修司である。歌人は青年期を過ぎ、社会人として忙殺され、ごく普通の大人になってしまった嘆きを込めて「ああ夕陽」と詠む。漫画の中でも矢吹丈は夕陽とともに描かれることが多かった。明日を夢みて、己の若さへのいらだちを晴らすかのようにボクシングに打ち込んでいた丈と、外見は普通の人になってしまったが今も胸のうちには熱い思いをかかえている歌人とが、夕日を背景に並んで立っている。すべてが過ぎ去ったのちも残る熱い思いのせいで。（C）

フラワーしげる

ビットとデシベル
（書肆侃侃房）

一九五五年青森県生まれ。歌集に『ビットとデシベル』。作家・翻訳家でもある。作品に『世界の果ての庭』『飛行士と東京の雨の森』、訳書に『ヴァージニア・ウルフ短篇集』『ヘミングウェイ短篇集』、『郵便局と蛇』A・E・コッパードなど。編訳書に『短篇小説日和』『怪奇小説日和』など。

ずっと片手でしていたことをこれからは両手ですることにした夏のはじまる日

あの舗道の敷石の右から八つ目の下を掘りかえすときみが忘れたものが全部入っていて、で、その隣が江戸時代だ

むかしより小さくみえるな　子供のころこのへんに住んでたんですか　いや

工場長はきびしい言葉で叱責し　ぼくらは静かに未来の文字を運んだ

おれをみろおれをわらえすっきりしろおれはレスラーだ技はあまり知らない

エンサイクロペディアエンサイクロペディア母の裸体をやっと見つけたぞ

魔法使いだった父の臨終の夜にフクロウきてしばらく啼く

おれか　おれはおまえの存在しない弟だ　ルルとパブロンでできた獣だ

おまえはあたしを送るだけでいいんだよ終電がないから感謝しろなんてぐちゃぐちゃ言うんじゃねえよとかたぶん思われてる

ぜったい後が面倒になるのでセックスしないでおくあそこだけさわって

おねえさんではないの　わたしもまだこどもなの　こどもだけど靴を売ってるの

あなたが月とよんでいるものはここでは少年とよばれている

きみが生まれた町の隣の駅の不動産屋の看板の裏に愛の印を書いておいた　見てくれ

『ビットとデシベル』二〇一五

かくのごとく卑劣な日の性欲も食欲もつねと変わらずねえムーミン
きみが十一月だったのか、そういうと、十一月は少しわらった
ぼくの名前はリスニングミュージックだ　きみのために中央区にきた　宇宙はどこ?
犬はさきに死ぬ　みじかい命のかわいい生き物　自分はいつか死ぬ　みじかい命のかわいい生き物
母は担送車ごと奥に消えて返事のように長椅子にすわる
一昼夜母はけものにもどって叫びわたしもけものの耳でおくった
新しい心のテラスでスカートに一度だけキスをゆるされる

一首鑑賞

おれか　おれはおまえの存在しない弟だ　ルルとパブロンでできた獣だ

おまえは誰かと問う、あるいは問いたげにしている相手に応じる導入。「存在しない弟」を生まれそこなった年下のきょうだいという意味に取れば哀切でもあるが、もの言いが荒々しいため、霊界というより異次元から出現した未知の分身のように感じられる。相手の存在を威嚇する非在の「獣」を名乗りながらも、その実体は「ルルとパブロン」という知られた市販薬でできているという。風邪をひいて薬局へ行くとこの二種類が目につきやすく、どちらを買うか迷うことがあるだろう。存在ばかりか、意思も分裂する。潜在意識下の自我にかかわるナンセンスな恐怖を、畳みかけるような破調のリズムに乗せて即興的にうたっている。（S）

干《ほし》場《ば》しおり

そんなかんじ
（雁書館）

一九六四年東京都生まれ。一九八四年から二十年ほど「未来短歌会」在籍。歌集に『そんなかんじ』『天使がきらり』、短歌絵本に『大好き！』がある。千葉県在住。

TELください前髪がまだかわかないたとえばそんなやわらかい夜

この孤独隠さんとしてひたすらにもみじもみじと書き連ねたり

とけてから教えてあげるその髪に雪があったことずっとあったこと

西空のあの星の名が知りたいよひとりっきりのようです　二月

春風に花びら白くふるるるるセロファン越しのようなささやき

『そんなかんじ』一九八九

〈青春〉というこそばゆき感触がくるくる首にまとわりつけり

冷たさがまくった腕に触れし時ふっきれたはずの想い動けり

えにっきに何もなかったと書くようなきらめきのみの一日を過ぐ

〈いっせいに夜明け〉という日はないものかいつも誰かが泣いてるようで

『天使がきらり』一九九三

別のわれどこか遠くで泣いておりちりりりと胸が痛い真夜中

寝不足のまま秋風を受けしときふと寄りかかるひとりが欲しき

受話器からくしゃみがひとつここよりもすこし遅れて桜さく街

言えなくてペンギンのように哀しくてひこうき雲をひとり見ていた

右の手が右前足であったころ月に恋したあの「せつなさ」さ
なぞなぞのように思いはめぐりきて寂しいとりはヒトリとなりぬ
姉《ねえ》さまの言葉のようにそっとそっと春の一日を雪降り積もる
身めぐりを白いティッシュであふれさせ口火のように子は立ちあがる
初めての虹に時間を止められてまあるい口の兄といもうと
その窓は開かないのだと知らされて伸ばした指を小さく握る
「説明のつかないこと」に苛立ちて中三男子コーラ飲み干す

歌集未収録

一首鑑賞

とけてから教えてあげるその髪に雪があったことずっとあったこと

ふわりと降ってきた雪が髪の毛に触れて、しばらく留まることがある。この歌の主体は、相手の髪に生じたそれをじっと見守り、すっかりとけてから教えてあげるという。それだけのことだが、読後になんともいえない切ない気分が消え残る。「あったこと」を繰り返して強調している点に、見えている事象以上のことを感じ取りたくなる。「ずっとあった」のは、雪だけではなく気持ちも含んでいるのだろう。あなたのことが好き、でも、気持ちが強かった時はずっと言わずにいて、消えてしまってから好きだったことを伝えたい。結ばれないことが分かっている恋なのだろうか。ライトヴァースと呼ばれた軽やかな口語で瑞々しく詠まれ、当時の気分を反映する恋の歌でもある。（H）

穂村《ほむら》 弘《ひろし》

一九六二年北海道生まれ。歌集に『シンジケート』『ドライ ドライ アイス』『手紙魔まみ、夏の引越し（ウサギ連れ）』『ラインマーカーズ』他。歌書に『短歌という爆弾』『ぼくの短歌ノート』『はじめての短歌』『短歌ください』他。『短歌の友人』で第19回伊藤整文学賞、「楽しい一日」で第44回短歌研究賞、『鳥肌が』で第33回講談社エッセイ賞を受賞。

シンジケート
（沖積舎）

体温計くわえて窓に額つけ「ゆひら」とさわぐ雪のことかよ

『シンジケート』一九九〇

水滴のひとつひとつが月の檻レインコートの肩を抱けば

「酔ってるの？あたしが誰かわかってる？」「ブーフーウーのウーじゃないかな」

ゼラチンの菓子をすくえばいま満ちる雨の匂いに包まれてひとり

呼吸する色の不思議を見ていたら「火よ」と貴方は教えてくれる

ほんとうにおれのもんかよ冷蔵庫の卵置き場に落ちる涙は

ハーブティーにハーブ煮えつつ春の夜の嘘つきはどらえもんのはじまり

サバンナの象のうんこよ聞いてくれだるいせつないこわいさみしい

終バスにふたりは眠る紫の〈降りますランプ〉に取り囲まれて

水銀灯ひとつひとつに一羽づつ鳥が眠っている夜明け前

『ドライ ドライ アイス』一九九二

校庭の地ならし用のローラーに座れば世界中が夕焼け

あ　かぶと虫まっぷたつ　と思ったら飛びたっただけ　夏の真ん中

目覚めたら息まっしろで、これはもう、ほんかくてきよ、ほんかくてき

『手紙魔まみ、夏の引越し（ウサギ連れ）』二〇〇一

明け方に雪そっくりな虫が降り誰にも区別がつかないのです
いつかみたうなぎ屋の甕のたれなどを、永遠的なものの例として
「十二階かんむり売り場でございます」月のあかりの屋上に出る
ハロー　夜。ハロー　静かな霜柱。ハロー　カップヌードルの海老たち。
夢の中では、光ることと喋ることはおなじこと。お会いしましょう
きがくるうまえにからだをつかってね　かよっていたよあてねふらんせ
アトミック・ボムの爆心地点にてはだかで石鹸剥いている夜

『ラインマーカーズ』二〇〇三

一首鑑賞

終バスにふたりは眠る紫の〈降りますランプ〉に取り囲まれて

夜の風景。「終バス」は幾分つづめた感のある言い方で、さらに〈降りますランプ〉は降車ボタンを個人の感受性で表現した、この歌一回きりの造語である。やや無造作な口調が「ふたり」だけの親密な空間をつくりだし、他の乗客がみな降りてしまったかのように思わせる。この世の最後のバスのようにも映るのはなぜだろう。赤と青の混色である「紫」は、日没時の西空の色であったり、痣や皮下出血の色であったりと、境界の時間帯や状態にあらわれる色でもある。境界は、寄る辺ない。そんな色に取り囲まれ、自分で運転しない車に身をゆだねて無防備に眠る「ふたり」は満ち足りて見えるが、その恋の行方は知れない。（S）

前田《まえだ》 透《とおる》

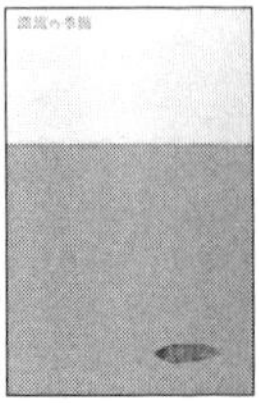

漂流の季節
（白玉書房）

一九一四年東京生まれ。父は若山牧水とともに自然主義の二大歌人と賞された前田夕暮。青年期には自由律短歌を発表。戦時中、主計中尉としてポルトガル領チモールに駐留し、戦後は商社勤務にともなってたびたび訪中する。夕暮主宰の歌誌「詩歌」を継承。一九七七年、受洗。歌集『冬すでに過ぐ』で第15回迢空賞受賞。一九八四年、輪禍に遭い帰天。落合直文等の歌人研究も手がけた。

毛布かぶればやつぱり兵隊の匂ひがして、この夜もまた単純にねむる　「初期歌篇」（『前田 透全歌集』所収）一九四一

ジャスミンの花の小枝をささげ来てジュオン稚くわれを慕へり　『漂流の季節』一九五三

焼あとの運河のほとり歩むときいくばくの理想われを虐《さいな》む

漂泊のはてに日本にかへり来て生き行くもまたさすらはむため

素直なる妻はわがため蔵《しま》ひをり南方へ行く日の麻の白服

分去《わかされ》の名はかなしくて吾を責む才なき者文学を捨てよ　『断章』一九五七

受洗する子のため白き服を縫う妻の世界よ脆く崩るな

汗あえし少年のかたき胸に触れ族《うから》のなかに踊りせしわれ

髪長く編みし女兵なりき低く言う南京虐殺過去なれど歴史　『煙樹』一九六八

一片月《イーピエンユエ》光冷えつつ照らせるは十一階日本商人の窓

デモに行きし子のスリッパが脱いである板の間に暁《あけ》の光漂う　『銅《あかがね》の天』一九七五

あおあおと窓は日昏れて雪降ればきよき遁れをいつか思えり

チモール山地の風が吹くのだ日のあおさだ、私が会いに来たのは君だ

冷え冷えと暁の風洗い行く寝台絶壁に生命目覚むる
かずかずの痛苦きらめき長き夜を月射せば月の香魚《あゆ》となりいる
わが愛するものに語らん樫の木に日が当り視よ、冬すでに過ぐ

『冬すでに過ぐ』一九八〇

萬流《ばんりゅう》の油そそがん六月の日を遙かとし天の金雀枝《えにしだ》
タマリンドの一樹影なす朝の園ジュオンいで来て吾を誘《いざな》う

『天の金雀枝』一九八二

盲目の犬はフェンスにつき当りしばし虚空を見据えていたり
宇宙電波に白き影おくアンテナはさみどりの野に日をかえしおり

「天の金雀枝　以後」（『前田 透全歌集』所収）一九八四

一首鑑賞

ジャスミンの花の小枝をささげ来てジュオン稚くわれを慕へり

南方の香りかぐわしい歌である。ジュオンは島の少年の名。かつて南海の戦場のなかでも日本軍全滅のような経過を辿らなかったチモールで作者は宣撫班として島民と交流を持ち、その記憶を生涯にわたって再現することになる。「ささげ来て」という描写は、ある敬虔さを見てとる視線である。その視線は、前田透年譜の表現によると〝理想的小社会の建設〟への夢をともなうものだった。南島幻想はこの歌において、ひとりの少年の姿へと受肉したかの趣をもつ。少年は現実の存在でありながら、夢の化身あるいは象徴のようでもある。上の句のジャスミン、下の句のジュオンというカタカナ語がひびき合う優美な一首において、「われ」もまた夢を慕う者であった。（S）

正岡《まさおか》 豊《ゆたか》

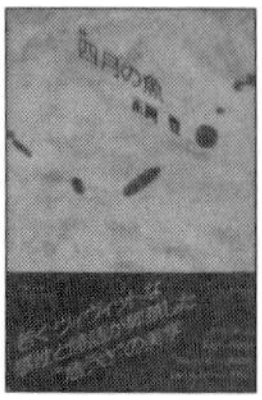

四月の魚
（まろうど社）

一九六二年大阪府生まれ。一九九〇年歌集『四月の魚』刊行。一九九二年第5回俳句空間賞受賞。一九九三年合同句集『櫂』。二〇〇四年「短歌ヴァーサス」6号に「増補版・四月の魚」掲載。京都在住。

『四月の魚』一九九〇

みずいろのつばさのうらをみせていたむしりとられるとはおもわずに

もうじっとしていられないミミズクはあれはさよならを言いにゆくのよ

めずらしく窓に硝子のあった日に砂糖を湯へとぼくは溶かした

だめだったプランひとつをいまきみが入れた真水のコップに話す

クリスマスはなんて遠いの……スリーブレスTシャツで川岸を歩けば

ユニヴァーサル野球協会のピッチャーになりたいね無得点の今宵は

へたなピアノがきこえてきたらもうぼくが夕焼けをあきらめたとおもえ

ジャックポットのひぐれをこえてきみのいるアパートへ天の階段のぼる

ねえ、きみを雪がつつんだその夜に国境を鯱はこえただろうか

きみがこの世でなしとげられぬことのためやさしくもえさかる舟がある

海とパンがモーニングサーヴィスのそのうすみどりの真夏の喫茶店

大雨に水路と変わる夕小路　〈火星が　人馬宮を　通過する〉

この街を仔羊がうずめるさまをきみにみせたい　休日だから

つきなみな恋に旗ふるぼくがいる真昼の塔がきみでありますブルカニロ博士の声となるまでを樹間にみえぬひぐらしは鳴く
歌の指輪をひたすら沈黙にいろどられしかすがに寄す歌の指輪を
あの夏の拾い損ねたおはじきがためてるはずの葉擦れのひかり
音韻にまみれしころの身体は山桃だった盲目だった
あなたいま声明を口にしていたわ　ルリボシカミキリだけ見ていたわ
花水木　お前にこころがあるのなら食われた鰈の稚魚のために泣け

歌集未収録

一首鑑賞

みずいろのつばさのうらをみせていたむしりとられるとはおもわずに

ひらがな表記のみで成ることが、幼心への憧れをあらわしている。水色の翼というとインコやカワセミのような鳥を思い浮かべるが、「みずいろ」と書けば色彩のひろがりとともに形状はあいまいになり、天使や飛行物体など読者によって対象のイメージは分かれそうである。その存在は翼の裏を見せていた、つまり無防備で疑いを知らなかった。しかし翼はむしり取られた。うたい手はここで、むしり取られた側とむしり取った側のどちらにより強く共感、共鳴しているだろうか。どちらにもだろう。残酷な場面を見ずにいられないのは、非人間性ゆえではない。無垢を愛する気持ちと同じく、それは人間的な欲求である。（S）

枡《ます》野《の》浩《こう》一《いち》

てのりくじら
（実業之日本社）

一九六八年東京都生まれ。二〇一一年、踊る！ヒット賞。二〇一三年より代表作《毎日のように手紙は来るけれどあなた以外の人からである》が明治書院の高校国語教科書に掲載中。二〇一六年八月号「ユリイカ」短歌特集に佐々木あらら氏との対談『またいつかはるかかなたですれちがうだれかの歌を僕が歌った』発表。第一短歌集『てのりくじら』復刊希望。

こんなにもふざけたきょうがある以上どんなあすでもありうるだろう　『てのりくじら』一九九七

結果より過程が大事「カルピス」と「冷めてしまったホットカルピス」

ハッピーじゃないエンドでも面白い映画みたいに　よい人生を　『歌』二〇一二

殺したいやつがいるのでしばらくは目標のある人生である　『てのりくじら』

わけもなく家出したくてたまらない　一人暮らしの部屋にいるのに　『ますの。』一九九九

手荷物の重みを命綱にして通過電車を見送っている

本人が読む場所に書く陰口はその本人に甘えた言葉　『歌』

無理してる自分の無理も自分だと思う自分も無理する自分　『てのりくじら』

色恋の成就しなさにくらべれば　仕事は終わる　やりさえすれば　『歌』

絶倫のバイセクシャルに変身し全人類と愛し合いたい　『ドレミふぁんくしょんドロップ』一九九七

だれからも愛されないということの自由気ままを誇りつつ咲け　『てのりくじら』

あじさいがぶつかりそうな大きさで咲いていて今ぶつかったとこ　『歌』

「このネコをさがして」という貼り紙がノッポの俺の腰の高さに　『ますの。』

好きだった雨、雨だったあのころの日々、あのころの日々だった君
さよならをあなたの声で聞きたくてあなたと出会う必要がある　『歌』
だれだって欲しいよ　だけど本当はないものなんだ　「どこでもドア」は
気づくとは傷つくことだ　刺青のごとく言葉を胸に刻んで　『てのりくじら』
雨上がりの夜の吉祥寺が好きだ　街路樹に鳴く鳥が見えない
私には才能がある気がします　それは勇気のようなものです　『歌』
気をつけていってらっしゃい　行きよりも明るい帰路になりますように

一首鑑賞

だれからも愛されないということの自由気ままを誇りつつ咲け

夢を叶えたい。有名になりたい。きれいな部屋に住みたい。美しい人から熱烈に愛されたい。だが、願いごとの多くは実現しない。若い日々は、うまくいかないことのほうが圧倒的に多い。だからこの歌が、挫折ばかりの日々をやり過ごすための、心のささえになる。夢は叶えられなくていい。だれからも愛されなくてもいいんだ。まだ何も実現していない今、自分は圧倒的に自由だ。その自由気ままを思い切り味わおう。下の句「自由気ままを誇りつつ咲け」が胸にしみる。自由しか手にしていない若者は、花なのだ。小さくても咲くことはできる。さまざまな経験を通して成長し、いつかは大きく花開くこともある。結句の「咲け」に勇気づけられる人は多い。（C）

松平盟子《まつだいらめいこ》

帆を張る父のやうに
（書肆季節社）

一九五四年愛知県生まれ。「帆を張る父のやうに」により第23回角川短歌賞。歌集に『青夜』『シュガー』『プラチナ・ブルース』（第1回河野愛子賞）『うさはらし』『天の砂』など。国際交流基金によりパリに於ける与謝野晶子研究。エッセイ集に『パリを抱きしめる』。著書に『母の愛与謝野晶子の童話』『風呂で読む与謝野晶子』など。

ちちと娘《こ》と待ち合はせゆふべ帰るさまウィンドの続くかぎり映れる
『帆を張る父のやうに』一九七九

泳ぎ来てプールサイドをつかまへたる輝く腕に思想などいらぬ

さみだれはあしたさみどりひるはしろゆふべうするり夜のふけて金
『シュガー』一九八九

三十代日々熟れてあれこの夜のロゼワインわれを小花詰めにす

萩ほろほろ薄紅《うすくれなゐ》のちりわかれ恋は畢竟《ひつきよう》はがれゆく箔

女《め》の舟と男《お》の舟の綱ほどけゆくのでなくわれが断ちきりてやる
『プラチナ・ブルース』一九九〇

押しひらくちから蕾に秘められて万の桜はふるえつつ咲く

今日にして白金のいのちすててゆくさくらさくらの夕べの深さ

真鍮のバーに凭れてきくジャズの「煙が目にしみる」そう、しみるわ
『たまゆら草紙』一九九二

足長のものならグラスも馬も好き階段のぼる恋人はなお
『うさはらし』一九九六

香りとはときに鋭く光れる刃《は》すれちがう人かすかに躱《かわ》す
『オピウム』一九九七

晩秋の光の中に透明の馬あらわれて時計を吐けり

パッシー駅そのむこうには川が見え藍のセーヌの背中うつくし
『カフェの木椅子が軋むまま』二〇〇〇

継ぎ骨をしたわけでなくほの黒き鋼《はがね》一条わが意志となる
垂れこむる冬雲のその乳房《ちちふさ》を神が両手でまさぐれば雪
馬の肌ゆびさきに辿るしずけさに秋は終わりぬ尾花ゆれおり
桃の皮しんねりめくり曲線のなぞりのうちに四十代果てし
雪はふる　しーっしーっと空間に切れ目をいれて雪は降るなり

『天の砂』二〇一〇

逝きてよりその人と語る時間増ゆ雪わらわらと川に消ゆる間も

『愛の方舟』二〇一一

滝の匂いは滝の裸体より発す　処女でなきことわれは悔やめり

歌集未収録

一首鑑賞

足長のものならグラスも馬も好き階段のぼる恋人はなお

足《ステム》が長いグラスはおしゃれだ。それでワインをゆっくり味わいたい。足の長い馬も素敵だ。風の中を颯爽と駆け抜けるだろう。そして、足の長い男性はもっと魅力的だ。私を愛してくれて、週末には二人で語らうために部屋に来る。夕暮れ、彼が階段をのぼってくる足音が聞こえる。ドアを開けると、背の高い彼が立っている。細身のパンツに包まれた長い足が格好いい。二人は身を寄せ合う。『枕草子』には「星は」や「うつくしきもの」というように書き始められる類聚的章段が多い。この一首も、清少納言の感性に通じている。松平盟子流の大好きなものコレクション。好きなものはたくさんある。でも、いちばん好きなものは最後に明かされるのだ。

（C）

松村正直《まつむらまさなお》

駅へ
（ながらみ書房）

一九七〇年東京都生まれ。大学卒業後、岡山、金沢、函館、福島、大分と移り住み、石川啄木の歌集を読んで短歌を始める。新聞・雑誌への投稿を経て、一九九七年に塔短歌会に入会。歌集に『駅へ』『やさしい鮫』『午前3時を過ぎて』『風のおとうと』、歌書に『短歌は記憶する』『高安国世の手紙』『樺太を訪れた歌人たち』がある。現在、京都在住、「塔」編集長。

忘れ物しても取りには戻らない言い残した言葉も言いに行かない
抜かれても雲は車を追いかけない雲には雲のやり方がある
悪くない　置き忘れたらそれきりのビニール傘とぼくの関係
待つように言ったら待ってくれたろう二十分でも二十年でも
それ以上言わない人とそれ以上聞かない僕に静かに雪は
テーブルを挟んでふたり釣り糸を垂らす湖底は冷たいだろう
あなたとは遠くの場所を指す言葉ゆうぐれ赤い鳥居を渡る

『駅へ』二〇〇一

三日月湖のように残りて旧道は青葉の深き影に沈みぬ
力まかせに布団をたたく音がする、いや布団ではないかもしれぬ
投下する者の瞳に輝きて美しかりけん広島の川
踊り場の窓にしばらく感情を乾かしてよりくだりはじめつ
「やさしい鮫」と「こわい鮫」とに区別して子の言うやさしい鮫とはイルカ
声だけでいいからパパも遊ぼうと背中にかるく触れて子が言う

『やさしい鮫』二〇〇六

それとなく言われていたと気づきたり黒きサドルを跨がんとして
すれちがう人の多さが春である疎水のみずを渡りゆくとき
わが腕と妻の脚とは絡まって取り出されたり洗濯槽より
川べりに羽を休める白鷺の、聖イグナチオロヨラ教会
踏切に列車過ぎるを見ておれば枕木はふかく耐えているなり
ベランダに鳴く秋の虫　夫婦とは互いに互いの喪主であること
優越感のごときものあり知る者が知らざる者に伝えるときの

『午前3時を過ぎて』二〇一四

一首鑑賞

抜かれても雲は車を追いかけない雲には雲のやり方がある

車を走らせる。商用で急いでいる朝かもしれないし、先に楽しみが待っている午後のドライブかもしれない。空に雲が浮かんでいる。今日は空が明るいぶん雲がくっきりと見える。幹線道路を飛ばすと、雲は車の後方に下がっていく。この車と自分が、風になったような気分だ。雲を抜いてやった。子どものころのような喜びを味わう。だが、追い抜かれた雲は、再びスピードを上げて車を追い越そうとはしない。追い抜かれたら追い抜かれたままで、悠然としている。その姿こそ、昨日までの自分自身ではなかったか。追いかけたりしなくてもいいのだ。ゆっくりと自分のペースで進むことが大切なときもある。何かと競うことを意識していた自分が、急に小さく思える。（C）

松村由利子《まつむらゆりこ》

薄荷色の朝に
（短歌研究社）

一九六〇年福岡県生まれ。歌集『鳥女』で第7回現代短歌新人賞、『大女伝説』で葛原妙子賞、「遠き鯨影」三十首で第45回短歌研究賞を受賞。二〇一〇年、短歌エッセイ『31文字のなかの科学』で科学ジャーナリスト賞受賞。最新歌集は『耳ふたひら』（書肆侃侃房）。著書に『少年少女のための文学全集があったころ』『短歌を詠む科学者たち』など。

通勤の心かろがろ傷つかぬ合成皮革の鞄に詰めて

『薄荷色の朝に』一九九八

白木蓮の卵いよいよ膨らみて大地の祭り始まらんとす

恐竜の滅亡を子よとくと見よ楽しい日には終わりがあるの

愛それは閉まる間際の保育所へ腕を広げて駆け出すこころ

悲しみの深ければ人は森へ行き誰か呼ばわん鳥となるまで

鳥よりも魚が好きなりああ鳥は体温たかくびくびくとせり

『鳥女』二〇〇五

耐えかねて夜の電車にそっと脱ぐパンプスも吾もきちきちである

花びらは破れやすかりひらがなの名をもつ友のみんなやさしく

カルピスのギフトセットが届く夏そんな家族もつくりたかったが

母は所詮さみしき運河ファーブルの息子も昆虫学者なりけり

『大女伝説』二〇一〇

チューリップあっけらかんと明るくてごはんを食べるだけの恋ある

昔語りぽおんと楽し大きなる女が夫を負うて働く

島ひとつ産みたし小さき川流れ海へと注ぐ湾ひとつあれ

死後の私のつめたき皮膚よ乱暴に看護師（たぶん女）が拭う
転調ののちの明るさスコールが上がれば島は光を放つ
時に応じて断ち落とされるパンの耳沖縄という耳の焦げ色
東京のお菓子をあげて生みたての玉子もらいぬ　恥ずかしくなる
湾というやさしい楕円朝あさにその長径をゆく小舟あり
夜半の雨しずかに心濡らすとき祖母たちの踏むミシン幾万
わが鹿の水飲むところ眠るところ誰にも告げぬ美しき谷

『耳ふたひら』二〇一五

一首鑑賞

花びらは破れやすかりひらがなの名をもつ友のみんなやさしく

学生時代、クラスに二、三人は「ひらがなの名をもつ友」がいた。ひかり、あおい、さくら、ひな……。花びらがどんなにきれいに見えても破れやすいのと同じように、ひらがなの名の友も優しい心をもつがゆえに傷つきやすいように思える。友が傷つかないように、心をこめて大切に接してあげたくなる。なぜ傷つきやすいものが美しいのだろう。強いものにも美は宿るが、花びらのもつ圧倒的な美しさとは別物だ。漢字の名をもつ私は、ひらがなの名の友を羨ましく思う。その名前の字面も響きも、なんて繊細で美しいのだろう。私はこれからも破れやすいものを愛するだろう。それにあこがれ、それを守ろうとすることが、私らしい生き方だから。（C）

水原紫苑《みずはらしおん》

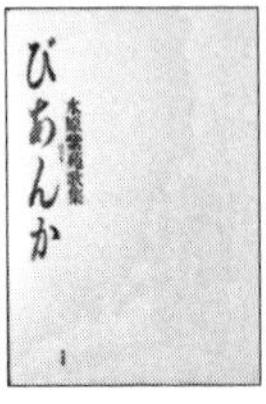

びあんか
（雁書館）

一九五九年神奈川県生まれ。春日井建に師事。歌集に『びあんか』（第34回現代歌人協会賞）、『客人《まらうど》』（第1回駿河梅花文学大賞）、『あかるたへ』（第10回若山牧水賞、第5回山本健吉文学賞）、『光儀《すがた》』など。エッセイに『桜は本当に美しいのか』、小説に『あくがれ—わが和泉式部』など。

『びあんか』一九八九

宥《ゆる》されてわれは生みたし　硝子・貝・時計のやうに響きあふ子ら

しんしんと指の先から絹と成り薬草園のきみに逢ひにゆく

天球に薔薇座あるべしかがやきにはつかおくれて匂ひはとどく

『うたうら』一九九二

象来たる夜半《よは》とおもへや白萩の垂るるいづこも牙のにほひす

鐘鳴らむ一瞬まへの真空にきりりんは美《は》しき首さし入れつ

白萩にスープをこぼし風の子の飲食《おんじき》しづかならざる秋や

『客人《まらうど》』一九九七

こぼれたるミルクをしんとぬぐふとき天上天下花野なるべし

われのみにきこえぬ鐘にふれにしがふるへゐたりき鳴りてゐにしか

『くわんおん（観音）』一九九九

ふり向けば椿は未だ咲きてをり純潔といふ奇蹟を信ず

あしひきの山百合あゆみいづるかたかがやきゐたり死者の学校

『いろせ』二〇〇一

夏の日の教会白くふとりゆき伯母のごとかるなつかしさはも

『世阿弥の墓』二〇〇三

老木に花のびつしり咲きて佇ちつくす冬のあけぼのたれ殺《あや》むべき

『あかるたへ』二〇〇四

花の奥にさらに花在りわたくしの奥にわれ無く白犬棲むを

交差点に尼僧が佇ちてしめやかに放屁をなさむ滅びの前夜
回廊のごとくにをのこ並びゐる水底《みなそこ》ゆかむ死の領巾《ひれ》もちて
巻貝のしづけく歩む森に入りただひとりなる合唱をせり

『さくらさねさし』二〇〇九

かうもりと化《な》りたる父をとらへむとゆふぞらむなしきいくさすわれは
風呂敷の結び目ひとつ解きしこと一生《ひとよ》のひとの手《た》ふれしものを

『武悪のひとへ』二〇一一

フクシマや山河草木鳥獣蟲魚砂ひとつぶまで選擧權あれ
チューリップの花の頭《かうべ》の一段と大きくなりて夜《よる》を思惟すも

『光儀《すがた》』二〇一五

一首鑑賞

巻貝のしづけく歩む森に入りただひとりなる合唱をせり

巻貝がしずかに歩いている森、とは実にシュルレアリスティックな叙述であるが、深読みをせず、そのままの情景を思い浮かべよう。とはいえ海に棲む生物が内陸の森にいることも、人間のように足で（?）歩いていることも、なかなか絵にはしがたい。言葉の組み合わせによって創出される世界である。そして、そんな森に入ってゆくのは人間、うたい手の意志による。うたい手はひとりでありながら、合唱をしたという。物理的には不可能な話だが、人の心の中では複数の人格が問答したり争ったりすることがある。いくつもの人格のどれもが、自分の人格であること。それを受け入れ、歩んでゆくという生への意志が美しい。巻貝のらせんの形も、高揚を誘う。（S）

光森《みつもり》裕樹《ゆうき》

鈴を産むひばりが逃げたとねえさんが云ふでもこれでいいよねと云ふ

オリオンを繋げてみせる指先のくるしきまでに親友なりき

青年の日はながくしてただつよくつよく噛むためだけのくちびる

ドアに鍵強くさしこむこの深さ人ならば死に至るふかさか

あはせ鏡のうちなるごとき街路樹のひとつすなはちすべてに触れゐつ

読みかたのわからぬ町を書きうつす封のうらより封のおもてに

致死量に達する予感みちてなほ吸ひこむほどにあまきはるかぜ

『鈴を産むひばり』二〇一〇

ノアはつがひの絵を描き飾るばかりにてがらんだうなるままの方舟

白い鳥透けつつ飛んでゐましたと背伸びして告げる其れが僕だよ

Cloud と呼ぶとき天にあるごとし吾の記憶は燦然として

人の繰《く》るマウスカーソルを目に追ふに似てさびしかり紙飛行機は

歳月を待たせて吾がとりいだすアル・カポネといふ甘きシガリロ

さしだせるひとさしゆびに蜻蛉《せいれい》はとまりぬ其れは飛ぶための重さ

電子書籍『うづまき管だより』二〇一二

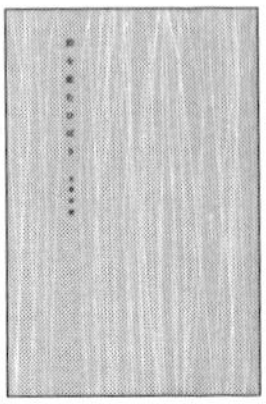

鈴を産むひばり
（港の人）

一九七九年兵庫県生まれ。学生時代は京大短歌会に所属。大学卒業後、結社等に所属せず活動。二〇〇八年、「空の壁紙」にて第54回角川短歌賞受賞。二〇一〇年、第一歌集『鈴を産むひばり』（港の人）を上梓。同歌集にて第55回現代歌人協会賞受賞。第二歌集に『うづまき管だより』（電子書籍）。第三歌集に『山椒魚が飛んだ日』（書肆侃侃房）。

流し撮りする鳥ごとに緩急はありてひとりに旅路の広さ
飾られていとぐるまあり糸車まはしてなにも起きぬまひるま
成分は木星にちかいときみが云ふ気球を丘の風に見てゐつ
香煙を射抜く春雨　叶へたき願ひは棄てたき願ひにも似て
すぐ魚に戻らむとする子を抱きてゆびさきに白き鱗を切りぬ
眸《まみ》ふかく映してやりし遠花火に教へてゐない色ばかりある
雨よりもさきに教へるあまがさのあなたが生まれてから苦しいよ

『山椒魚が飛んだ日』二〇一六

一首鑑賞

青年の日はながくしてただつよくつよく噛むためだけのくちびる

世間では、三十代までは青年と呼ばれることもあるが、多くの人は三十を超えたあたりから、ちょうどいいくらいに老け始める。若者扱いされる時期は、すぐ過ぎる。だが、若い人にとっては、青年期のなんでもない一日が非常に長く感じられる。永遠に若者でいることを宿命づけられているかのような一日。若いからといって、いろいろなことが楽しく思えるわけでもない。若いからこそお仕着せられることも多く、自分をうまく表現できないときもあり、いらいらする。苦しさを味わっても、青年はくちびるを噛んで耐えるしかない。くちびるには歯が押し付けられ、赤みが増し、歯の跡が残る。青年の心の傷のように、夕闇のなかでも真っ赤に見える、そのくちびる。（C）

三《み》原《はら》由《ゆ》起《き》子《こ》

ふるさとは赤
（本阿弥書店）

一九七九年福島県生まれ。一九九五年福島県文学賞青少年奨励賞。一九九七年第1回全国高校詩歌コンクール優秀賞。一九九九年早稲田短歌会入会。二〇〇一年第44回短歌研究新人賞候補、二〇一三年第24回歌壇賞候補。短歌同人誌「日月」所属。二〇一二年いわき芸術文化交流館アリオス「タイムカプセル」、二〇一三年より神出鬼没系総合エンターテイメントバンド「十中八九」メンバー。

『ふるさとは赤』二〇一三

信じない信じられない信じたい投げつけられたトマトのように

波のうねり車窓に顔寄せ眺めいる広く大きくなれそうな夏

嫌だった短い睫毛が粉雪を受け止めるような君との出会い

きょうだいのようだね、こいびとのようだね、わたしたちはなんにだってなれるよ

この先のふたりの未来を告げにゆくわれらを乗せてスーパーひたち

ふるさとを凱旋するよう　夕方の商店街を二人歩みぬ

横座りして君の腰に手を回すその手に君が手を重ねたり

みちのくの人々と桜前線が東京の木の下に行き交う

iPad片手に震度を探る人の肩越しに見るふるさとは　赤

常磐線に乗るたび想う人のいてもう眺めることのできない景色

脱原発デモに行ったと「ミクシィ」に書けば誰かを傷つけたようだ

ふるさとを遠く離れて父母と闇を歩みぬ　螢を追って

「仕方ない」という口癖が日常になり日常をなくしてしまった

沈黙は日ごとに解《ほど》けていくように一人ひとりと声を束ねて
二年経て浪江の街を散歩するGoogleストリートビューを駆使して
復興と言われてしまえば本当の心を言葉にできない空気
「ふくしま」と聞こえるほうに耳は向く仮寓の居間の団欒のとき
ふるさとは小分けにされて真っ黒な袋の中で燃やされるのを待つ
ひとときのつらい景色と言い聞かせそのひとときの長さを思う
痩せなくていいのだ君と永遠に肩を並べて食べられるのなら

『ふるさとは赤』以降

一首鑑賞

横座りして君の腰に手を回すその手に君が手を重ねたり

彼が自転車に乗る。私はその後ろに乗せてもらう。女性は荷台にまたがることができず、足を揃え、片側だけを向いて横座りになる。自転車がよろけないように、彼はスピードを上げる。風景が流れる。私は体がぐらぐらしないように彼の腰に手を回す。彼に体をすっかり預けてしまう。まっすぐな道を行くとき、彼がふと片手で、私の手に触れる。「大丈夫だよ。怖くないよ」と言うかのように、優しく触れてくれる。彼の手は、若者らしい熱を帯びているだろう。二人の未来を背負っていこうという気構えが熱に変わるのだ。そして私も、彼に熱を伝えるだろう。私は大丈夫、ここにいるよ、私も頑張るよ、と。二人は手と手で気持ちを伝え合う。春風が二人を包んでいる。

（C）

村木道彦《むらきみちひこ》

一九四二年東京生まれ。第一歌集『天唇《てんしん》』、第二歌集『存在の夏』。

天唇
(茱萸叢書)

するだろう　ぼくをすてたるものがたりマシュマロくちにほおばりながら

『天唇』一九七四

あわあわといちめんすけてきしゆえにひのくれがたをわれは淫らなり

黄のはなのさきていたるを　せいねんのゆからあがりしあとの夕闇

めをほそめみるものなべてあやうきか　あやうし緋色の一脚の椅子

過ぎゆきてふたたびかえらざるものを　なのはなばたけ　なのはなの　はな

月面に脚が降り立つそのときもわれらは愛し愛されたきを

フランシーヌのようにひとりであるけれどさらにひとりになりたくて　なつ

ろうろうと天にとどろく風に告ぐ「ひとはさむさのなかに生れき」

ふかづめの手をポケットにずんといれ　みずのしたたるようなゆうぐれ

おお！　そらの晴れとねぐせのその髪のうしろあたまのおとこともだち

罰として天地の間《あい》に放たれき紺色の飢え　新緑の毒

『存在の夏』二〇〇八

わかきらがさざめく春の広場なり雌雄ふたつの科充つるかな

疲れてはふたえまぶたとなるときに春おもおもし春きらきらし

巨石《いわ》と雲　動かざるもの動くものふたつながらに輝きて在り
くるしみのうえにさらなるくるしみを競えきそえと麦登熟す
水底の砂一斉に返しくる　春、存在の重たき光
くさはらにかぜきたりけり戦《そよ》ぐとは戦《おのの》きながら戦うことか
遺伝子としてのわれらは翼もつ時空を超えてはばたかむため
立ち上ぐるたびわらわらとくずおるる一行ありて「春の詩」冥し
川沿いをあゆみてひとみあげたれば睫毛に積乱雲堕ちかかる

一首鑑賞

するだろう　ぼくをすてたるものがたりマシュマロくちにほおばりながら

彼女はぼくから離れていった。ぼくは彼女を愛していた。でも、彼女のほうはどうだったのだろう。彼女は、ぼくを失うことが辛いとか、ぼくのことをまだ少しは愛しているとか、そういう素振りは見せてくれなかった。そんな彼女だから、友達に囲まれた場（そこにはぼくもよく知っている顔がちらほらいるのに、ぼくだけがいない）で、すぐに「ぼくをすてたるものがたり」をするようになるのだろう。マシュマロを頬張りながら、まるで誰かの噂話をするかのように軽く話すだろう。ぼくは今でも辛い。でも、彼女が甘い香をふりまきながら話している姿を想像するたび、ひとつの季節が終わったことをはっきりと受け入れられるようになっていくのかもしれない。
（C）

望《もち》月《づき》裕《ゆう》二《じ》郎《ろう》

あそこ
（書肆侃侃房）

一九八六年東京都生まれ。立教大学文学部卒業。二〇〇七年から二〇一〇年まで早稲田短歌会、二〇〇九年から二〇一一年まで短歌同人誌「町」に参加。二〇一三年、第一歌集『あそこ』（書肆侃侃房）を刊行。二〇一五年、『トリビュート百人一首』（幻戯書房）に参加。

いちどわたしにあつまってくれ最近のわかものもふりそびれた雨も

さかみちを全速力でかけおりてうちについたら幕府をひらく

まちがいのないようにないように馬なでているその手のひらにあぶら

おもうからあるのだそこにわたくしはいないいないいないばあこれが顔だよ

どの口がそうだといったこの口かいけない口だこうやってやる

いもしない犬のあるき方のことでうるさいな死後はつつしみなさい

穴があれば入りたいというその口は（おことばですが）穴じゃないのか

寝言は寝てからいうつもりだが（さようなら）土のなかってうるさいだろう

つながれて（なにをしやがる）おしっこがしたいわたしに穴という穴

そろそろ庭になっていいかな（まあだだよ）わたしの台詞はもうないんだが

われわれわれは（なんにんいるんだ）頭よく生きたいのだがふくらんじゃった

ぺろぺろをなめる以外につかったな心の底からめくれてしまえ

玉川上水いつまでながれているんだよ人のからだをかってにつかって

『あそこ』二〇一三

そのほうがおもしろいのか道草はうまいか絵でいてつらくないのか
歯に衣をきせて（わたしも服ぐらいきたいものだが）外をあるかす
おまえらはさっかーしてろわたくしはさっきひろった虫をきたえる
外堀をうめてわたしは内堀となってあそこに馬をあるかす
にっぽんのそこがびしょびしょ雑巾をしぼりわすれたわたしのせいか
ふつうならあるいてむかうところだがふつうがわたしをとおりぬけてく
そこをなんとかおねがいされてくらくしてひかりをあいしそこでくらした

『トリビュート百人一首』二〇一五
歌集未収録

一首鑑賞

玉川上水いつまでながれているんだよ人のからだをかってにつかって

玉川上水というと誰もが太宰治と愛人の情死を連想してしまう。玉川上水には迷惑なことだろう。これは江戸幕府による都市開発計画のためにひらかれ、人の幸せに役立ってきたとされる川なのだから。この歌は玉川上水にいらだっているような口調だが、意識としてはたぶん「玉川上水」と、見えないカギカッコがついている。川の名にまつわるイメージを問題にしているのである。イメージを剝がしたい、変えたい、覆したい。そんなことを考えていると、人が流れる川ではなく、人を流れる川が見えてくる。都市を流れる河川が、人の体内を流れる水になる。「からだを・かってに・つかって」という三段跳びのようなリズムも、イメージの飛躍に一役かっている。（S）

柳谷《やなぎや》あゆみ

こんにちはみなさんたぶん失ってきたものすべて　うれしいよ会えて

スと打てばスペインと出てエクセルよお前のなかに雲があるかい

見るうちにひとりになっていく秋の夜のスープのあぶらの玉さま

忘れたかあきらめたものがあるのだろう眠ればからだは右に傾く

はじまりはさびしさに似て〈東《ヴォストーク》〉と名づけし船の夜の長き旅

振れば鈴のごと鳴るだろう愛の字の騒がしき夜に文庫を伏せぬ

ゆっくりとしか回らない看板が二周回って夜が終わってきた

終わらないクソゲーみたいな平坦な地平を小またで駆けて駆けて駆け

どしどしはハガキ送ってのなつかしいいつも変なシャツ着た兄さん

まずかった気がするお茶はいま飲むとやはりまずくて飲む　いとおしい

あす晴れるので胃袋の夕焼けがあざやかであざやかでああ痛い

携帯が震えているよ主人公になりなさいこれはあなたのはなしだ

わたしの人生で大太鼓鳴らすひとよ何故いま連打するのだろうか

『ダマスカスへ行く　前・後・途中』二〇二一

ダマスカスへ行く
前・後・途中
（六花書林）

一九七二年東京都生まれ。歌集『ダマスカスへ行く　前・後・途中』（二〇二一年）で第5回日本短歌協会賞受賞。翻訳者としてシリアの作家、ザカリーヤー・ターミルの作品を中心に邦訳・紹介している。訳書にザカリーヤー・ターミル著『酸っぱいブドウ／はりねずみ』（二〇一八年、白水社）など。推理クイズブックが好き。歌誌「かばん」会員。

過ぎるたびなにやらひとりになる　カーブ、あれは海ではなくてダマスカス
残されたホールの写真　過ぎ去った人びとのなかに立つわたしたち
ああ海が見えるじゃないか柳谷さん自殺しなくてよかったですね
わたしが知る夏の庭の花　抜け殻がうつくしく立つわたしの冬の日
みずたまもなにかこらえて丸くいる清らかなひかり湛える力
芽の気配　春と起床はあたたかにあらゆる過去をふと圧倒す
あぶらげの一枚ぜんぶ大空にひろがっているみそ汁の春

歌集未収録

一首鑑賞

まずかった気がするお茶はいま飲むとやはりまずくて飲む　いとおしい

ティータイムは一人でも、誰かと過ごしても良いものだが、ここでは「まずかった」で始まり「いとおしい」で終わる呼応がユニークだ。「気がする」と言っているから、誰かと話しこんで、味まで気が回らなかったと考えられる。その後お土産かなにかとしてそのお茶を手に入れ、いまは一人で飲んでいるのだろう。まずさを意識しながら、それでもそのお茶にかかわる思い出をたしかめるように。人にもよるが、味や香りは映像や音より記憶に結びつきやすいと言われる。お茶が呼び起こす、かつて話がはずんだ記憶、その相手のたたずまいが「いとおしい」。その語の前に置かれた一字空白があらわすひと息もふくめ、語りの順序が印象的である。（S）

山崎郁子《やまざきいくこ》

麒麟の休日
（沖積舎）

一九六三年京都府生まれ。歌集『麒麟の休日』（沖積舎、一九九〇年）。

夏の川面は金の鏡よひぐらしのこゑにひかりはちりばめられる
いつの世の貝のかたちに手を耳にあてて海鳴りきく午下がり
あをぞらの加減を鼻でふれてみてきりんはけふも斑のもやう
満ち足りてゐるといふこと陽のひかり浴びる陶器のペンギンの群れ
野ばらには野ばらの言ひ分　わたくしは膝をかかへてねむつたままだ
いつかひつじとなるまでの間をかけまはる夏のふもとのまつしろい雲
わたくしが生まれてきたるもろもろの世のありやうもゆるしてあげる
はがれくるなつの破片《かけら》のぎんいろのすこしつめたいゆふぐれのあめ
いつかどこかで忘れたゆびきり夏帽子のリボンは変へずにゐるこの夏も
ひかうきが好きだつた兄にとどけよとみづいろの紙ひかうきをとばさう
ゆふやけはいつの約束せつなくて閉ぢるまぶたのうらの尖塔
あをといふひかりのあふれてくるやうで見上げられずにゐることもある
はじまりは預言者めいて銀色のスプーンでたまごを割る晩夏から

『麒麟の休日』一九九〇

月のカケラは月のいろ　しろがねの籠に飼ひたきもののひとつに
夜の向かうの海の濃くなりゆくにつれ透きとほりゆくわたしの右腕
きのふあなたはさかなのふりですごしたればまばたきに零れおちるしろがね
満ちてゆく月をこはがるおとうとはあしたちひさなガラス玉になる
夜の子供はさびしいままの深海魚そらのにほひをおもひだせない
雨上がりあをいリボンを見かけたらきつとうさぎは耳を押さへる
ゆめのつづきのやうないてふのきんいろのやさしい闇で泣きつづけたい

一首鑑賞

野ばらには野ばらの言ひ分　わたくしは膝をかかへてねむつたままだ

野ばらの咲く季節であれば夏のはじめごろであろうが、どこかひんやりとした空気が漂う。野ばらの花は小ぶりながらも華やかで、なにかを主張しているようでも、その言葉は人間にはわからない。「わたくし」もまたわが身を抱くようなポーズで眠っており、他人を寄せつけない。意思のかよわないものたちがそれぞれに存在しているさみしさと、安らかさとが交錯する。この歌、ひいてはこの歌集が少女的な雰囲気をたたえているのは、絵本の一場面を思わせる描写やひらがなの多さに加え、心理をまだうまく言語化できない年ごろの感覚が全体を統べているためだろう。旧かなづかいもノスタルジックで、時間の経過がゆるやかだった日々を思い起こさせる。（S）

山崎聡子《やまざきさとこ》

手のひらの花火
（短歌研究社）

一九八二年栃木県生まれ。早稲田大学在学中に作歌をはじめ、二〇〇二年に早稲田短歌会入会。二〇一〇年、「死と放埒なきみの目と」三十首で第53回短歌研究新人賞を受賞。二〇一四年第一歌集『手のひらの花火』（短歌研究社）で第14回現代短歌新人賞受賞。「未来」短歌会、「pool」所属。

塩素剤くちに含んですぐに吐く。遊びなれてもすこし怖いね。

縁日には、おかまの聖子ちゃんが母さんと来ていた、蜻蛉柄の浴衣で

動物記の裏表紙なる「いさましいジャックうさぎ」が浴びる夕焼け

雨の日のひとのにおいで満ちたバスみんながもろい両膝をもつ

骨のない場所は身体にいくつあるバスルームにて煙る前髪

枝豆を裸の胸にあてがってほら心臓、縮んだ、わたしの、

わたくしを不気味な子供と呼ぶ母がジャスミンティーを淹れる休日

手のひらに西瓜の種を載せている撃たれたような君のてのひら

中学で死んだ高山君のことを思うときこれが記憶の速度とおもう

放埒な光が宿るきみの目のひとなつで死に絶えるひぐらし

さようならいつかおしっこした花壇さようなら息継ぎをしないクロール

銃殺を見た俺なのだミュージックビデオに揺れる50《フィフティー》セント

図書館にモーターの音　どの国の言葉でもないパスワード打つ

『手のひらの花火』二〇一三

カーテンがいくつも揺れて真夜中に見たねほの暗い目をした電車
ともに住むこわさを胸にのみこんでかすれた声で歌うバースデー
へび花火ひとつを君の手のひらに終わりを知っている顔で置く
いっぽんの傘をかざして半身と半身ひしめきあう雨の中
遮断機の向こうに立って生きてない人の顔して笑ってみせて
砂鉄集めたことだってある手のひらであなたの子供時代を撫でる
フリスクを甘く感じるこの舌で触れてわかってきた数々よ

歌集未収録

一首鑑賞

さようならいつかおしっこした花壇さようなら息継ぎをしないクロール

小学校に上がったばかりの子どもには、何もかもが初めての経験だ。学校で毎日緊張しているせいで、ついお漏らしをしてしまう子もいる。いたずらや冒険をするような気になって、花壇にしゃがんでおしっこをする子もいる。体育の時間のプールは楽しいけれど、先生が教えるきれいな泳ぎ方はなかなかできない。水泳教室に通ったことがない子にとっては、クロールで息継ぎをするのが難しい。息を吸うために顔を上げても、すぐに水が襲ってくる。大人になるということは、うまくできないことが多かった子ども時代を見つめ、それに「さようなら」を告げることなのだろうか。作者は子ども時代を思い出し、今を生きる実感につながる自分のルーツを見出している。

（C）

山下《やました》 泉《いずみ》

光の引用
（砂子屋書房）

一九五五年大阪府生まれ。一九七八年関西学院大学文学部卒業。歌集に『光の引用』（二〇〇五年第31回現代歌人集会賞受賞）、『海の額と夜の頬』。塔短歌会、現代歌人集会、現代歌人協会会員。現代短歌を読む会編「葛原妙子論集」に参加。詩歌誌「カルテット」に高安国世論を連載中。

耳のなかの寺院よ繁れ夏の日の薔薇窓の光飲み干したれば

海に向くテーブルを恋う姉妹いて一人はリュート一人は木霊

雨を飼う白き部屋なりいまきみの舟形の靴が帰りつきしは

濃緑を抱きしめる窓の席につき雲雀料理を呼び出しており

モルヒネに触れたる手紙読むときに窓の湛える水仙光よ

へやべやの夜を流れる細き風はくるしみ括るリボンの靡き

けさ秋は琥珀の影を連れてくる蜻蛉を固く閉じこめながら

三つ編みは昏き蔓草　昼を編みほのかに垂れる夜のうちがわ

身体の冥府とおもう脳髄を掲げて歩む百合の影まで

『光の引用』二〇〇五

メリーゴーラウンドは記憶を溶かす仕掛けなり巻毛を茨に引っかけしまま

ひとつずつボタンをはめる静けさは白亜の街のさすらいに似て

そこにいるのは月ね、と言って拳から指をいっぽんいっぽん起こす

美しきパン屋にくればふっくらと金貨をつかうかなしみあらん

『海の額と夜の頬』二〇一二

遠雷に瞼まぶたのひらめきて白藤の棚くぐりゆきたり

身の粉を混ぜてつくった彫像はゆうぐれ青く目があくだろう

『ルーマニヤ日記』肘を固めて読みいたり　月光射して人発光す

こがらしは優しい鎧きんいろの欅の樹下にひとを呼ぶとき

虹にあう微かな時も運ばれて海辺の墓地のような駅まで

近づけば草に隠れる斎宮址《さいぐうし》すっと足首みずにひたして

風景がひらく窓ありはるかなる面壁《めんぺき》として億光年に

歌集未収録

一首鑑賞

ひとつずつボタンをはめる静けさは白亜の街のさすらいに似て

ボタンの多い服らしい。自分の服か、子どもに服を着せているところか、あるいは人が服を着るところを見ているのか、いずれとも取れる。行為者が誰かということより、その時間が「静けさ」をたたえているということにこの歌の主眼がある。その感覚が「白亜の街」の連想を引きだした。白を多く用いたユトリロのパリの絵や、ギリシャの島の写真など、明るい異国の街並みを思わせる。しかし人影はあまりなさそうだ。うつむいてボタンをはめてゆくにつれ心が内向きになり、迷宮に入りこむような精神のありかたを「さすらい」に喩えている。一見影のない日常生活の奥にふと行きあたる、生の根源的な孤独が伝わる。

（S）

山田《やまだ》　航《わたる》

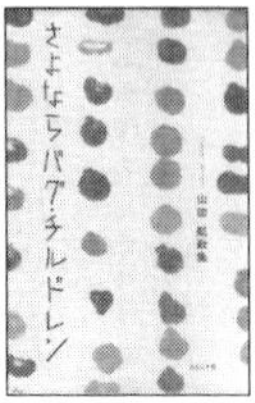

さよならバグ・チルドレン
（ふらんす堂）

一九八三年北海道生まれ。二〇〇八年「かばん」入会。二〇〇九年、第55回角川短歌賞および第27回現代短歌評論賞受賞。第一歌集『さよならバグ・チルドレン』で現代歌人協会賞受賞。二〇一二年、「北大短歌」創設に参画。二〇一三年、第4回早稲田大学坪内逍遙大賞奨励賞受賞。編著に『桜前線開架宣言　Born after 1970 現代短歌日本代表』。趣味は回文。札幌市在住。

うろこ雲いろづくまでを見届けて私服の君を改札で待つ

『さよならバグ・チルドレン』二〇一二

掌のうへに熟れざる林檎投げ上げてまた掌にもどす木漏れ日のなか

靴紐を結ぶべく身を屈めれば全ての場所がスタートライン

雨あがりを歩いてゆけば君がまだ世界の何処かにゐる心地する

ありつたけの奇跡集めて春の野にぶちまけたらやつと笑つてくれた

ファルセットが朝の土鳩に似ててやや猫背のギターヴォーカルが好き

さみしいときみは言はない誰のことも揺れるあざみとしか見てゐない

選択肢は三つ　ポピーに水を遣る、猫を飼ふ、ぼくの恋人になる

鉄道で自殺するにも改札を通る切符の代金は要る

たぶん親の収入超せない僕たちがペットボトルを補充してゆく

ひなげしといふ形容詞あつたならこんな日はきつとひなげき気分

世界といふ巨鳥の嘴を恐れつつぼくらは蜜を吸つては笑ふ

だだつ広い駅裏の野に立つこともないまま余剰として生きてゆく

『水に沈む羊』二〇一六

ガソリンはタンク内部にさざなみをつくり僕らは海を知らない
監獄と思ひをりしがシェルターであつたわが生《よ》のひと日ひと日は
ふるさとがゆりかごならばぼくらみな揺らされすぎて吐きさうになる
ほぼ同じ速さで午後の公園を並走しをり蝶とシャボンが
電灯をつけよう参加することがきつと夜景の意義なんだから
べたついた悪意とともにつむじから垂らされてゆくコカ・コーラゼロ
校庭に巻くつむじ風みんなあれが底なき渦とわかつてゐたのに

一首鑑賞

靴紐を結ぶべく身を屈めれば全ての場所がスタートライン

靴紐はなかなか上手に結べない。朝きちんと結んだ気でいても、思いがけないときにほどける。周囲の人たちが颯爽と歩いていくなか、靴紐がほどけた私は身を屈め、靴紐を結び直す。人の流れを止めてしまうことを申し訳ないと思いながら、身を縮める。ちょっと格好悪い。でも、自分の息づかいを感じたり、自分の体の熱さに気づいたりして、ありのままの自分を見つめ直すひとときになる。気がつけば、身を屈めている今の私は、短距離走のクラウチングスタートの姿勢をとっているみたいだ。そう考えれば、格好悪いどころか、ちょっといいかもしれない。今から私は、自分らしい生き方を始めるのだ。自分を見つめ直すとき、誰もがスタートラインに立っている。（C）

山《やま》中《なか》智《ち》恵《え》子《こ》

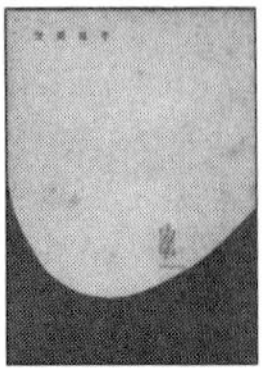
空間格子
（日本歌人社）

一九二五年愛知県生まれ。三重県鈴鹿市に居住し、二〇〇六年没。前川佐美雄に師事し、歌誌「オレンヂ」（のち「日本歌人」と改称）に参加。歌集に『空間格子』をはじめ十七冊のほか未刊歌集『青扇』、他の著書に句集『玉すだれ』、研究書『三輪山伝承』『存在の扇』など。『星肆』で第13回迢空賞、『玲瓏之記』で第3回前川佐美雄賞など受賞多数。

明日の空につぶてを投げて時過ぎぬ問ひかけはいつも女ばかりが　『空間格子』一九五七

昏れおちて蒼き石群《いはむら》水走り肉にて聴きしことばあかるむ　『紡錘』一九六三

いづくより生れ降る雪運河ゆきわれらに薄きたましひの鞘

みづからを思ひいださむ朝涼し　かたつむり暗き緑に泳ぐ

絲とんぼわが骨くぐりひとときのいのちかげりぬ夏の心に

行きて負ふかなしみぞここ鳥髪《とりかみ》に雪降るさらば明日も降りなむ　『みずかありなむ』一九六八

青空の井戸よわが汲む夕あかり行く方を思へただ思へとや

さくらばな陽に泡立つを目守《まも》りゐるこの冥き遊星に人と生れて

三輪山の背後より不可思議の月立てりはじめに月と呼びしひとはや　『虚空日月』一九七四

いかのぼり絶えなば絶えねなかぞらの父ひきしぼる春のすさのを

多度山《たどやま》に豆食みしことときみありて雪ふる夜を玉砕くごと　『星醒記』一九八四

さやさやと竹の葉の鳴る星肆《ほしくら》にきみいまさねば誰に告げむか

巣を高くたもたむために十月の風にむかひて髪を編みたり　『星肆』一九八四

二人称世界にかへる鶸の声ひかりにまぎれ遠ざかりゆく

青空の工作人《ホモ・ファーベル》よしたたれるつゆくさのいろ詩《うた》にかへさむ

一九四五年夏なかりせばこの世紀老いることなけむ

青人草《あをひとぐさ》あまた殺してしづまりし天皇制の終を視なむ

蛻《もぬけ》とふことばを好む秋の日を潔くあらむとこころざすため

記憶こそ夢の傷口わが夏は合歓のくれなゐもて癒されむ

遠からず死ぬと思ひし三十路《みそぢ》ありいま喜寿にしてあくがれのごと

『喝食天』一九八八

『鶺鴒界』一九八九

『夢之記』一九九二

『黒翁』一九九四

『玉萎鎮石《たまもしづし》』一九九九

『玲瓏之記《もゆらのき》』二〇〇四

一首鑑賞

昏れおちて蒼き石群《いはむら》水走り肉にて聴きしことばあかるむ

山中、川の上流の情景か。日が暮れたため一面の河原の石が蒼ざめて見えるさまを述べたあと、唐突に「水走り」という動きが描写される。あたりがよく見えなくなって、せせらぎの音がにわかに意識されたのだろう。スピーディな歌いぶりである。そして、「肉」で聴いた言葉が明るくなったという、いっそう唐突な表現が続く。自然の音に耳を澄ませたとき、人から聴いた言語の記憶がよみがえったのだろう。かつて言語を聴いた耳を「肉」と言い換えることにより、全身が耳になったような生々しさが引き出された。それは、生まれたての嬰児の状態のようだ。つねに嬰児の心で世界と、言葉と新たに出会う喜びがうかがわれる。（S）

雪舟《ゆきふね》えま

たんぽるぽる
（短歌研究社）

一九七四年北海道生まれ。歌集に『たんぽるぽる』、小説に『タラチネ・ドリーム・マイン』『バージンパンケーキ国分寺』『プラトニック・プラネッツ』『幸せになりやがれ』『恋シタイヨウ系』『凍土二人行黒スープ付き』最新刊は『パラダイスィー8』、アルバムに『ホ・スリリングサーティー』。

目がさめるだけでうれしい　人間がつくったものでは空港がすき
とても私。きましたここへ。とてもここへ。白い帽子を胸にふせ立つ
江東区を初めて地図で見たときのよう　このひとを護らなくては
青森のひとはりんごをみそ汁にいれると聞いてうそでもうれしい
おにぎりをソフトクリームで飲みこんで可能性とはあなたのことだ
寄り弁をやさしく直す箸　きみは何でもできるのにここにいる
かなしい歌詞に怒れるきみは紅葉のなかへあたしをつかんでゆきぬ
愛が趣味になったら愛は死ぬね…テーブル拭いてテーブルで寝る
逢えばくるうこころ逢わなければくるうこころ愛に友だちはいない
傘にうつくしいかたつむりをつけてきみと地球の朝を歩めり
手紙よ、と手紙でつつかれて起きる　諸島が一つにまとまるように
うれいなくたのしく生きよ娘たち熊銀行に鮭をあずけて
ふたりだと職務質問されないね危険なつがいかもしれないのに

『たんぽるぽる』二〇一一

かまきりを歩道の端に誘導しまだ午前中というよろこび
ホットケーキ持たせて夫送りだすホットケーキは涙が拭ける
きみの名がかいてるボタンがあったらぜったいおすとかれはささやく
何度でもジャムの空きびんでつかまえて初めて見たって顔をしてくれ
宇宙服での泣きかたも覚えてこれは君と暮らすに大事なスキル
ポケットに銘菓が一個それはつまり答えはYES宇宙がYES
彼を見たい　彼にいたるまでに出会う人そのほかを眺めていたい

歌集未収録

一首鑑賞

うれいなくたのしく生きよ娘たち熊銀行に鮭をあずけて

一首の前半から、歌曲の〝いのち短し　恋せよ少女《をとめ》〟というフレーズ（歌人・劇作家の吉井勇作詞「ゴンドラの唄」の歌い出し）が連想される。この歌詞は少女の時間を儚いものに見せる。かたや「うれいなくたのしく」の二語はあっけらかんとして、他者のまなざしを通して描く像ではなく同胞としての娘たちへのエール、この世に享けた生を積極的に味わおうという呼びかけに感じられる。さらに後半の「熊銀行」がユーモラス。〝熊といえば鮭〟という既成の取り合わせをひとひねりして、獣のようにたくましく、けれども原始的な経済活動を通じて、シンプルで調和的な社会生活を送ることを夢みる。つらく悲しいときも、この歌を口ずさんで心を軽くしたい。（S）

横山未来子《よこやまみきこ》

樹下のひとりの眠りのために（短歌研究社）

一九七二年東京都生まれ。「心の花」所属、佐佐木幸綱に師事。一九九六年、第39回短歌研究新人賞受賞。二〇〇八年、歌集『花の線画』により第4回葛原妙子賞受賞。歌集は他に『樹下のひとりの眠りのために』『水をひらく手』『金の雨』『午後の蝶』。著書に『セレクション歌人30横山未来子集』『はじめてのやさしい短歌のつくりかた』。

あをき血を透かせる雨後の葉のごとく鮮《あたら》しく見る半袖のきみ

冬の水押す櫂おもし目を上げて離るべき岸われにあるなり

ひとはかつてわが身めぐりを指さして全てのものを名づけたりけり

『樹下のひとりの眠りのために』一九九八

君が抱《いだ》くかなしみのそのほとりにてわれは真白き根を張りゆかむ

極みなき水を眼下に行くもののひたすらならむ翼をおもふ

逢ひしことの温度を永く保たむとざせり耳をまなこを喉を

『水をひらく手』二〇〇三

ダフニスとクロエーの腕にうぶ毛光る五月蜂蜜のけものの匂ひ

なめらかに真直ぐにひとを讃へゐるイタリア語聞けり夜の映画に

彫像の背を撫づるごとかなしみの輪郭のみをわれは知りしか

『花の線画』二〇〇七

蜜吸ひては花のうへにて踏み替ふる蝶の脚ほそしわがまなかひに

眼をあけてゐられぬ空の下に寝むわれらの髪に蟻迷ふまで

白昼に覚めたる眼《まなこ》ひらきつつ舟の骨格を見わたすごとし

なめらかに石越えゆける春の水をこころ解かれてながく見てをり

『金の雨』二〇一二

脚垂りて花より蜂の去りしのち日は翳りたりたちまちにして
巻貝のかたちに我のねむるときあかるき金の雨となりて来よ
いま雲をいづる月あり手の窪へ油は落つる速まりながら
ものの芽の湿れる朝《あした》よこたはりうすきからだのうへに手をおく
永遠の午後あるごとく橋脚に水面のあかりまつはりてをり
あまたなる桜ねむらぬ夜の底わが足首に足首をのす
ふかく想へばかなしみとなるこの夜のかほを石鹼の泡に隠しつ

『午後の蝶』二〇一五

一首鑑賞

あをき血を透かせる雨後の葉のごとく鮮《あたら》しく見る半袖のきみ

夏が近づいてきてその年はじめて半袖になった「きみ」の、久しぶりに見る腕にときめいた場面である。気になっている人にドキッとする瞬間を「鮮《あたら》しく見る」とする表現もすてきだが、腕と葉を重ねているところに意外性がある。しかし、腕に透ける血管と葉脈とは類似性があり、「あ」の頭韻の響きもあいまって、明るい力で説得される。さらに、雨上がりの水滴をまとう葉のイメージが、「きみ」への想いの瑞々しさ、目の前にいる「きみ」の生命感にもつながる。植物と人体を共鳴させながら描かれた恋心は、斬新であると共に、生きているものすべてに対する根源的な親愛の情が立ち上がる。命の気配に満ちた初夏に、紛れもなく今生きていることの喜びが伝わる一首でもある。（H）

吉《よし》岡《おか》太《た》朗《ろう》

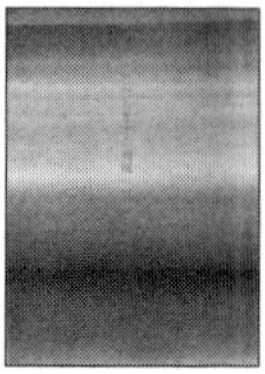

ひだりききの機械
（短歌研究社）

一九八六年石川県生まれ。二〇〇五年に作歌をはじめる。「六千万個の風鈴」で第50回短歌研究新人賞を受賞。二〇一四年に第一歌集『ひだりききの機械』を刊行する。

新しい世界にいない君のためつくる六千万個の風鈴
すこしだけ話したひとが永遠を背負って消える冬の雑踏
おりがみを折るしか能のないやつに足の先から折られはじめる
プールサイドをバスに揺られて半時間プール建設予定地につく
ローソンの観察日記の牛乳のかたちがだんだんうまくなる君
いちめんのお花畑が三面のお花畑にまとまりで勝つ
鶏肉と卵売り場のこんなにもはなればなれになってしもうて
ささやかな夜間飛行の右向きに眠るからだをひだりにむかす
阿蘭陀《おらんだ》の嫁を抱けばビニールの胸の彼方に雪果てぬ町
けん賞にあたってもうてあまがさが二時間おきにとどくめでたしめでたしや
後ろから乗って前から出るまでの市バスは長い一本の橋
ヘッドライトさわればいまだにあたたかく言えずに終わってゆく物語
会いたさの会えばほどけてりんごにはその皮だけが赤いという罰

『ひだりききの機械』二〇一四

自転車がひらいた路地をこの町の世界地図へと書き足している

「正午頃、女（無職）が純潔を装いユニコーンに乗ろうとしました」見えるっていうそのことが美しい降る雪のみな落ちゆく朝に

減ることと満ちゆくことの等しさの紅茶を飲むという経験は

押し入れと風呂場のどちらに洞窟を併設するかでなかよくもめる

つなぐ手にふたりのよるをとじこめて実家にまともなふりをしにいく

てぶくろのあみめに雪がすいこまれ　あわなごこちもやさしいきみは

一首鑑賞

阿蘭陀《おらんだ》の嫁を抱けばビニールの胸の彼方に雪果てぬ町

冒頭はダッチワイフのことだが、このように表記すると時代がかった印象を受ける。近年はラブドールと呼ばれる精巧な高級品が知られ、性具（身体・精神障害者用でもある）としてだけでなく鑑賞や撮影などにも用いられるようになった。ダッチワイフはしたがって、いまやたいして美しくない古女房ならぬ古道具であり、そんな人形を抱いているというのはいかにも貧しく寒々しい。しかし、人形は人の形をしている以上、心臓はなくともなにか人格めいたものを宿しているという感じ方がこの歌にはある。胸の奥や底ではなく、彼方に町があるという。そこもまた寒いが、雪に清められ続ける、祈りに満ちた異空間かもしれない。人形にも天国はあるだろうか。（S）

吉川宏志《よしかわひろし》

青蟬
（砂子屋書房）

一九六九年宮崎県生まれ。京都市在住。学生時代に休止状態だった「京大短歌」の復刊に関わる。一九九六年『青蟬』で第40回現代歌人協会賞、二〇一六年『鳥の見しもの』で第21回若山牧水賞。他に寺山修司短歌賞、前川佐美雄賞など。評論集に『風景と実感』、『読みと他者』がある。二〇一五年より短歌誌「塔」の主宰となる。京都新聞歌壇選者。

あさがおが朝を選んで咲くほどの出会いと思う肩並べつつ
窓辺にはくちづけのとき外したる眼鏡がありて透ける夏空
カレンダーの隅24／31　分母の日に逢う約束がある
円形の和紙に貼りつく赤きひれ掬われしのち金魚は濡れる
風を浴びきりきり舞いの曼珠沙華　抱きたさはときに逢いたさを越ゆ
花水木の道があれより長くても短くても愛を告げられなかった

『青蟬』一九九五

画家が絵を手放すように春は暮れ林のなかの坂をのぼりぬ
ハンバーガー包むみたいに紙おむつ替えれば庭にこおろぎが鳴く
抱いていた子どもを置けば足が生え落葉の道を駆けてゆくなり

『夜光』二〇〇〇

夕雲は蛇行しており原子炉技師ワレリー・ホデムチュク遺体無し
ゆうぞらに無音飛行機うかびおり泣いて涼しくなりしか人は
水のあるほうに曲がっていきやすい秋のひかりよ野紺菊咲く
瓦礫道　そこに遺体があるらしくぼかしをよけて兵士は歩む

『海雨』二〇〇五

このまま曳いていくしかない舟に紫苑の花を載せてゆくんだ
『曳舟』二〇〇六

おなじ絵を時をたがえて見ていたりあなたが言った絵の隅の青

秋の雲「ふわ」と数えることにする　一ふわ二ふわ三ふわの雲

天皇が原発をやめよと言い給う日を思いおり思いて恥じぬ
『燕麦』二〇一二

八月六日ののちの二日間それに似た時間を我ら生き続けおり

窓のした緑に輝《て》るを拾いたりうちがわだけが死ぬコガネムシ
『鳥の見しもの』二〇一六

鳥の見しものは見えねばただ青き海のひかりを胸に入れたり

一首鑑賞

画家が絵を手放すように春は暮れ林のなかの坂をのぼりぬ

画家は、気に入った小さな絵を何枚か手もとに置いておく。これだけは自分のものだ、誰にも売らないぞ、と思って満足する。しかし、本当に生活が苦しくなったとき、画家はお気に入りの絵を「手放す」ことになるだろう。売る、ではなく、「手放す」なのだ。身を切られるように辛いことだ。春の暮れに、若者は季節が過ぎ去ってゆくことを惜しむ。それは、若い時代が終わりに近づくことを恐れる気持ちの表れだろうか。画家は絵を手放すが、若者は自らの希望を手放すのだ。そして若者は小暗い林のなかの坂道をのぼってゆく。先が見えない上り坂を、自分の足の力を信じて、ゆっくりと。大切なものを手放したあとで、現実に即した、自分らしい生き方が始まる。（C）

吉田隼人《よしだはやと》

忘却のための試論
（書肆侃侃房）

一九八九年福島県生まれ。早稲田大学大学院仏文科博士課程在学中。二〇一三年「忘却のための試論」五十首で第59回角川短歌賞、二〇一六年に歌集『忘却のための試論』で第60回現代歌人協会賞。二〇一四年一月から二〇一五年十二月まで「現代詩手帖」誌で短歌時評を担当。二〇一四年から「ふげん社」ホームページでコラム「書物への旅」連載。

枯野とはすなはち花野　そこでする焚火はすべて火葬とおもふ
大陸でやがて発掘さるるといふかつてあなたであつた始祖鳥
恋すてふてふてふ飛んだままつがひ生者も死者も燃ゆる七月
燃えおつるせつなの紙の態《すがた》して百合咲きてあり燃えおちざりき
ゆきぞらにどこかあかるみゐるところありて希死とはこひねがふこと
いもうとの町にはつ雪　孤独とはきみが代はりに死ねぬことだよ
とほりあめとほりすぎたり永遠にエチュードのまま過ぐる革命
つなぐ手をもたぬ少女が手をつなぐ相手をもたぬ少年とゐる
海蛇はアクアリウムに揺れてをりいかなる**n**も死を定義せず
蒼穹を硝子のごとくうち割りて真赤な腹の怪物がくる
びいだまを少女のへそに押当てて指に伝はるちひさき鼓動
二十三区に二十三通りの雪がふりそそぎ誰も傘をささない
おつぱいといふ権力がなつふくの女子らによつて語られてゐる

『忘却のための試論』二〇一五

怪獣になつたら、きみが怪獣になつたら、虹を食べさせるから
天使さまの仮性包茎の右羽根と真正包茎の左翅
ちり紙にふはと包めば蝶の屍もわが手を照らしだす皐月闇
青駒のゆげ立つる冬さいはひのきはみとはつね夭逝ならむ
をかされしあなたとふしめがちに逢ふあくありうむのあをきくらがり
プシケエと称ばれてあをき鱗粉の蝶ただよへり世界の涯の
うたを憎まば咲きにほふ藤　うたびとを憎まばあかねさす紫野

歌集未収録

一首鑑賞

青駒のゆげ立つる冬さいはひのきはみとはつね夭逝ならむ

青みを帯びた馬をあらわす「青駒」は『万葉集』にも見られる語で、冒頭からいきなり歴史をさかのぼるかのようだ。駆けたあと、寒冷な空気のなかで馬身から湯気が立っているというのは、誇張ではない。馬は実際にそのくらい汗をかく生きものであり、そんな猛々しさに魅かれる心が暗に感じられる。歌は二句切れで、第三句「さいはひの」以下は一種のアフォリズムをなしている。幸いの極みとは、いつの世も、若くして死ぬことだろう——それは言い換えると、猛々しく若さを駆け抜ける、あるべき自己像を歴史に刻むことへの渇望でもあろう。または、そうした渇きから自由になるための死への憧れと言うべきか。（S）

米川千嘉子《よねかわちかこ》

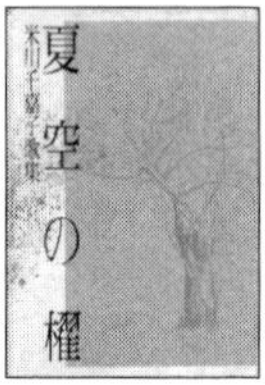

夏空の櫂
（砂子屋書房）

一九五九年千葉県生まれ。大学在学中に短歌を始め、馬場あき子主宰の「歌林の会」入会。一九八五年第31回角川短歌賞受賞。第一歌集『夏空の櫂』のほか、『一夏』『たましひに着る服なくて』『滝と流星』『あやはべる』『吹雪の水族館』など。第33回現代歌人協会賞、第9回若山牧水賞、第47回迢空賞など受賞。王朝から現代まで女性の歌の文体と主題を少し系統立てて考えてみたい。

名を呼ばれしもののごとくにやはらかく朴の大樹も星も動きぬ

『夏空の櫂』一九八八

〈女は大地〉かかる矜持のつまらなさ昼さくら湯はさやさやと澄み

苦しむ国のしづかにふかき眉としてアイリッシュアメリカンゲイの列ゆく

『一夏《いちげ》』一九九三

湯のやうな風ある道に逢ひし蝶はわれらに母子の刻印を押す

ゆふぐれのさびしい儀式子を拭けばうす桃色の足裏《あうら》あらはる

『たましひに着る服なくて』一九九八

たましひに着る服なくて醒めぎはに父は怯えぬ梅雨寒のいへ

暗黒のつね途中なる雁行図ある雁ははや闇に溶けたり

羅紗夫人・フエルト夫人・絹夫人　板に巻かれてひんやりとをり

『一葉の井戸』二〇〇一

井戸の辺にをみな働き井戸のやうな深き空間と身を嘆かずや

空爆の映像果ててひつそりと〈戦争鑑賞人〉は立ちたり

『滝と流星』二〇〇四

お軽、小春、お初、お半と呼んでみる　ちひさいちひさい顔の白梅《しらうめ》

マウスの背に生える人間の耳ありて愛のオルガンを聴いてゐるなり

大潮の夜だから産みに行かなくては　蟹のわたしは夢にてあせる

『衝立の絵の乙女』二〇〇七

戦争の近づく日本の山鳥をこりりこりりとかの子は噛みぬ
月光菩薩をすこしうへから見下ろせば苦しげな人間《ひと》の美貌もにじむ
食べさせたものから出来てゐる息子駅に送りて申し訳なし
綾蝶《あやはべる》くるくるすつとしまふ口ながき琉球処分は終はらず

『あやはべる』二〇一二

富士よ富士ひとはこんなに悲しいといへば見せたり宝永噴火の跡
人は帰心を速度にしたり水無月の闇ゆく最終「のぞみ」の帰心
思ふべしネルソン・マンデラ九十五歳の顔を作りし人間の世を

『吹雪の水族館』二〇一五

一首鑑賞

〈女は大地〉かかる矜持のつまらなさ昼さくら湯はさやさやと澄み

新たな命を胎内に宿すことができるのは女性。世間ではよく「女は大地」「女は宇宙」などと言われる。それは女性を尊重する表現なのかもしれないが、若き女性歌人にとって、「女は……」とイメージを固定されることが息苦しく思えたのだろう。「かかる矜持のつまらなさ」が小気味いい。「女は……」というイメージの囲い込みから抜け出して、歌人は桜漬けを浮かべたさくら湯を口にする。湯が体にしみ込む。余計なものを削ぎ落としてシンプルな自分になったような心地よさ。さくら湯は、春風のように澄んでいる。女とは、もっと軽やかで、一つのイメージでは染められない存在なのだ。でも、それを声高に主張せずに、歌人はさくらの香りを味わう。（C）

渡辺松男《わたなべまつお》

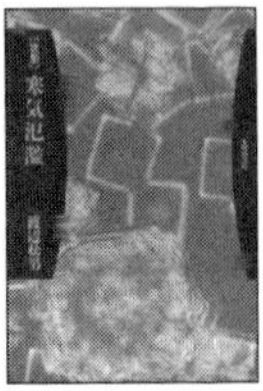

寒気氾濫
（本阿弥書店）

一九五五年群馬県生まれ。歌集に『寒気氾濫』『泡宇宙の蛙』『歩く仏像』『けやき少年』『〈空き部屋〉』『自転車の籠の豚』『蝶』『きなげつの魚』『雨《ふ》る』。句集に『隕石』。第46回迢空賞等を受賞。

『自転車の籠の豚』二〇一〇

くらがりゆふらここの出でくらがりへふらここ帰る常《とわ》のはんぷく
主体的たれといわれて立たされているのはぼくのなかにあるビル
われわれは死ぬまで穴かもしれないと蟬の穴が自己認識に至る
わが家を食べては増えてゆく蟻の食べつくしたるのちの秋空
死者たち元気ところかまわず抱擁し時節がらまんじゅ沙華がいっぱい
野兎《のうさぎ》は疾走しおれどその姿つぎつぎとある草の目のなか
わたしがいたところにわたしいなくなる連続として雲生まれており
しめりたる土にぷつぷつ刺す傘のなかにひとつ大事なことはわからぬ
ひと世はゆめといえどもわれらに食わるるゆえ臭かろうとなんだろうと肥えてゆく豚
沈黙は剝きだしなれば声いだし声のうしろに隠るるわたし
雨ふれど雨には濡れぬ白鳥の　わかるだろ　俺たちはまぼろし
小豚よく洗いて自転車の籠に乗せゆっくり走る菜の花の路
白夜《びゃくや》もちよりていっしょに座りたりわが白夜きみの白夜をつつむ

竹林　鶴　ちくりん　つる　とくりかえしとなえておれば鶴の脚みゆ
樟《くす》がぼくに化けて歩いているときのぼくって雷雨目指していたり
独楽は死にます　だれにもだれにも見えざれど金のりんぷんまき散らしおり
けっきょく吊るされているわたしの五官は蚊帳でありしずかなりすずしきなり
不安がにわとりのように降るみえて春郊なれどわれは歩めず
春さめにしっとりしめりたる土のわれしずかなるもりあがりなり
雲を食べ紺のからだとなりぬればひゅうひゅうとなにもなきみ空なり

一首鑑賞

沈黙は剝きだしなれば声いだし声のうしろに隠るるわたし

沈黙という状態についての抽象化、あるいは擬人化ともいえる導入である。「沈黙は剝きだし」とはまさにそのとおりで、音が消えると、そこにあるものすべてを見つめる視線がにわかに意識される。言い換えると、すべてが丸裸になる。自身もまた。ここまでは観念的な叙述だが、そんな「剝きだし」を蔽うかのように声を出すというところから意外な肉体感覚が展開する。自身の声のうしろに隠れるという子どもっぽさには、おかしみもにじむ。誰の視線から隠れるというのだろう。相手は人智を超えた神や魔かもしれないし、恋する相手かもしれない。いずれにせよ「剝きだし」の状態へのおそれが声となり、その声はつねに、ひとふしの歌となる。　（S）

おわりに

共有しながら生きていく

東　直子

現代短歌に能動的に関わるようになったのは、二十代半ばのころです。はじめは一人で創作しては投稿していたのですが、きちんと勉強したいと思い始めたころ、プロとして活躍している歌人の方々と歌会等を同席する機会にめぐまれました。そこで一番印象的だったのは、皆短歌を創作すること以上に、他の人の作品を読み、覚え、語りあうことに無上のよろこびを感じている、ということでした。おいしい食事を一緒にして、これ、おいしいね、と語り合いながら咀嚼しつつ、やがてその人の身体の一部となっていくように。もちろん私もその魔術にすっかりはまり、作ることと同時に、短歌を共有することの楽しさにどっぷりはまっていきました。短歌という詩型は、作った人の身体を出ると、他の人の身体を通じて生き続けてゆくのだと思います。

長い間短歌と関わることで知り得たすてきな作品をいろいろな人と分けあいたい。そんな気持ちが高まっていた頃、この本の制作にお声かけいただき、編者として参加することになりました。好きな歌を思う存分集められる、と意気揚々と参加したのですが、いざ始めてみるといろいろ悩むことも多く、もっともっと収載したい歌人、作品がありました。

思いの外時間を要してしまいましたが、なんとか形になり、佐藤弓生さん、千葉聡さんと一緒に編んだアンソロジーとして、短歌の新たな栄養素となる一冊になったのではないかと思っています。

今回は、表紙の絵も描かせていただきました。赤い服の女の子と戯れているのは、マダコの幼いときの姿です。彼らは、海の中でほとんど透明な姿で、真夜中に目覚めたりしているようです。私の知らない、到達することのできないところには、たくさんの未知の生き物がいて、いろんなことをしつつ、いろんなことを考えたり、考えなかったり、するのでしょう。知らない世界を想像することが、とても好きです。それが案外、知っている世界を新しく愛することにもつながる気がします。

誰かの創作した一首一首には、私の知らない世界がぎゅっとつまっています。言葉の海に放たれた一首ごとの世界を楽しんでいただけたら、たいへん幸いです。

「好き」をさがしに

佐藤弓生

以前、子ども向けの短歌ワークブックにたずさわったとき、思いました。短歌のつくり方を学ぶことはもちろん表現のよろこびにつながるけれど、短歌を好きになるきっかけというのは作歌のノウハウを知るより先、ある作品にふと目をひかれたりすることでは？

短歌を好きになる本って、どんな本だろう。

本書の原案を、歌友の千葉聡さんに相談しました。千葉さんがあちこちに声をかけてくれて、東直子さんの賛同、書肆侃侃房の方々の提案と協力があり、こうして形になりました。

前述のワークブックの校正中に、歌人の小高賢さんが急逝されました。小高さんが編まれたアンソロジー『現代短歌の鑑賞１０１』（新書館、一九九九年）には百一人の作品が三十首ずつ載っていて、それまで知らなかった歌や歌人をあらたに好きになることができました。この本、使いすぎていままでは小口が黒ずみ、背の糊も弱まってページがばらけそうです。

目ざすなら、そんなふうに愛用される本！

と個人的にこころざしつつ着手したところ、百人の編者がいれば百とおりのアンソロジーができることを確信するにいたりました。百人の編者がそれぞれ百回編集すれば、一万とおりになるかも……。

方針が必要です。そこで小高さんの各編著ほか、歴代の各種アンソロジーや、同じく歌人の山田航さんが若手歌人をフィーチャーした『桜前線開架宣言　Born after 1970　現代短歌日本代表』（左右社、二〇一五年）等との重複をひかえめにするとともに、あまり知られていなくても私たちが影響を受け、推したい歌人の作品は積極的に取りあげることとしました。

既刊の名アンソロジーがあったからこそ、新世紀ならではの一冊をつくることができたといえます。作業に思いのほか時間がかかり関係者各位をお待たせしてしまいましたが、初期歌集の書影や一首鑑賞といった見どころをもうけることができました。

手にとってくださった方が、それぞれの「好き」をさがしに、本書をひらいていただけるとさいわいです。「好き」が、未来へのお守りとなりますよう。

心の自由を守るために

千葉　聡

桜丘高校で国語を教えている。生徒たちは明るく、授業も部活も楽しいし、バレーボール大会も合唱コンクールも盛り上がり、みんなで泣いたり笑ったりする。「桜丘は世界でいちばんいい学校だ」と思う。文化祭の終わりに、全校生徒が校歌を大声で歌っているのを聞くと、つい涙が出てくる。

だが、学校というシステムには呪文がつきまとう。「規則を守れ」「さらに努力して成績を上げろ」「はやく立派な大人になれ」。教員はどうしても生徒たちを競わせ、成果を求めてしまう。私もホームルームで「提出物は期限までに必ず出せよ」と言い、授業中には「これがわかれば大学入試で点が取れる」と熱弁をふるう。

生徒も先生も、何かに追われ、疲れてしまってはいけない。勉強も、集団生活も、本来は、頭と体と心を豊かに育てるのが目的なんだ。成果や数字を追うことから離れたくなると、私は国語科準備室の前の小さな黒板に短歌を書く。生徒たちが通りがかりに読んでくれる。枡野浩一の一首を書くと「これ面白い」と笑ってくれる子がいる。横山未来子の恋の歌を書くと「この気持ち、わかります」と感想を言ってくれる子がいる。

短歌は心の自由を守ってくれる。作者は自分のことばで表現することで、自分の内に潜む何かを大きく変えることができる。読者は目の前の一首から、さまざまな思いを受け取ることができる。そしていつか読者が、自分のことばで新たな一首を生み出すようになったりする。ときどき「短歌をもっと読んでみたい」「自分でも短歌をつくりたい」という生徒が現れる。私は嬉しくなって、手もとにある歌集を貸す。それを返しに来るとき、生徒は言う。

「こういう短歌の本は、どこで買えますか?」

多くの歌集は一般の書店に置かれていないし、わりと高価だ。生徒たちの小遣いで買える短歌の本をつくりたい。できれば一冊で、たくさんの歌人に触れることのできる本がほしい。

その願いが、この本で叶えられた。これから短歌の世界に入っていく人たちにとって、心強いガイドとなる一冊である。多くの方が、それぞれの心の自由を守れますように。

ご協力くださったみなさん、本当にありがとうございました。この本を力強くバックアップしてくださった書肆侃侃房の田島安江さん、園田直樹さんに、編者一同、心からの感謝をささげます。

装画　東直子
装幀　東かほり

■編著者プロフィール

東 直子（ひがし・なおこ）
1963年広島県生まれ。
1996年、「草かんむりの訪問者」で第7回歌壇賞受賞。2006年、『長崎くんの指』で小説家としてデビュー。2016年『いとの森の家』で第31回坪田譲治文学賞受賞。歌集『東直子集』『十階』、小説『とりつくしま』『晴れ女の耳』、評論集『短歌の不思議』、エッセー集『七つ空、二つ水』など著書多数。絵本や童話、イラストレーションも手がける。新鋭短歌シリーズ第1期より監修。

佐藤弓生（さとう・ゆみお）
1964年石川県生まれ。
2001年、「眼鏡屋は夕ぐれのため」で第47回角川短歌賞受賞。著書に歌集『薄い街』『モーヴ色のあめふる』などのほか、詩集『新集 月的現象』『アクリリックサマー』、掌編集『うたう百物語』、共著・共訳書に『現代詩殺人事件』『猫路地』『怪談短歌入門』『怪奇小説日和』などがある。

千葉 聡（ちば・さとし）
1968年神奈川県生まれ。
公立中学校、高校の国語科教諭。1998年、第41回短歌研究新人賞受賞。歌集に『微熱体』『そこにある光と傷と忘れもの』『飛び跳ねる教室』『今日の放課後、短歌部へ！』『海、悲歌、夏の雫など』『短歌は最強アイテム』。月刊「短歌研究」にて掌編小説を連載中。作曲も手がける。

短歌タイムカプセル

2018 年 1 月 31 日　第 1 刷発行
2023 年 7 月 10 日　第 5 刷発行

編　　著　東直子・佐藤弓生・千葉聡
発 行 者　池田雪
発 行 所　株式会社 書肆侃侃房（しょしかんかんぼう）
〒 810-0041 福岡市中央区大名 2-8-18-501
TEL 092-735-2802　FAX 092-735-2792
http://www.kankanbou.com
info@kankanbou.com
編　集　　田島安江
D T P　　黒木留実
印刷・製本　シナノ書籍印刷株式会社

ISBN978-4-86385-300-3 C0092